平安姫君の随筆がかり　二

清少納言と恋多き女房

遠藤 遼

講談社
タイガ

イラスト――シライシユウコ
デザイン――長崎綾（next door design）

目次

夏は夜。
月のころはさらなり、
闇《やみ》もなほ、
ほたるの多く飛びちがひたる。

（夏は夜がよいものです。
月が輝く満月のころはいうまでもなく、
月のない新月の闇夜《やみよ》であっても、
蛍がたくさん飛び交《とか》っている有り様は、神秘的でとてもすてき）

——清少納言《せいしょうなごん》『枕草子《まくらのそうし》』

序

「和を以《もっ》て貴《とうと》しとなす」

聖徳太子《しょうとくたいし》が定めた十七条憲法の第一条だ。「調和の尊さを知れ」とでも言おうか。

ただ、これが安易に流れればだいぶ意味は変わってしまう。

とにかく目立たないようにしよう、周りの言うことに頷《うなず》いていればいい、目新しいものに手は出さないで明日できることは今日しないようにしよう――。

法というモノは解釈でどうにでもなるものだ。

けれども、聖徳太子は偉かった。頭が良かった。第二条で「篤《あつ》く三宝《さんぼう》を敬《うやま》え。三宝とは仏・法・僧なり」と仏教を国の根幹に据えている。なれあいではなく、御仏の教えで心を調和した人々が、互いを尊重し合うところに生まれる「和」だと言っているのだ。

「さすが聖徳太子だよ。わしら下々の者には及びもつかぬ」

と、亡父・清原元輔《きよはらのもとすけ》が酒を飲みながら感心していたものだ。

「私たち下々の者が及びもつかない天才だったとは思うけど。同時に私たちのような下々の人間の事情にも精通されていたんじゃないかしら」

と娘の清少納言――この頃は出仕前なのでただの諾子《なぎこ》――が言うと、元輔はしみじみと飲みなれない酒で格好をつける。

「『万葉集《まんようしゅう》』にある聖徳太子の歌は、旅の途中で行き倒れた者への哀悼の歌。権力も戦いも恋も歌わず、ただ名もなき者への慈しみの歌が残っているのが、聖徳太子さまらしいとわしは思うよ」

同感だった。聖徳太子は本朝にそそり立つ巨人だけど、下々の人間の事情に向けられたその心の深さから身近な信仰の対象になっている。

言い換えれば人間の弱さであり、脆《もろ》さだ。

高邁《こうまい》な理想に胸を熱くする一方で、ちょっとした行き違いで愛すべき人とけんかを起こす。僧侶《そうりょ》の話す御仏《みほとけ》の教えに感動するのに、同期が自分よりわずかに多く俸給をもらったと聞けば悔《くや》しがる。そんな人間の、おかしみを帯びたかなしさ、あるいはあはれさを伴った滑稽《こっけい》さだ。

だから聖徳太子は言ったのだ。三宝を敬え、と。

遠く、人間には手が届かない北極星《ほっきょくせい》のような存在に心を合わせるからこそ、みなが同じ方向を向ける。同じ方向を向くから、「和」が生まれる。

そうでなければ、そこにできる「和」はただのなあなあ。付和雷同である。

聖徳太子が亡くなってすでに四百年以上。都は飛鳥《あすか》から奈良へ、さらに京へと移った。大宝律令《たいほうりつりょう》はじめ、おびただしい数の法が制定されている。しかし、多くの人は忘れているかもしれないが、新しい憲法は制定されていない。改正もされていない。つまり、聖徳太子の十七条憲法は平安のいまもなお生きているのだ。

和を以て貴しとなす。

ほんの短い、このひと言の実現さえ、人の世はできていないと清少納言は思う。それどころか、そのような世の中は無理だとあきらめてもいた――出仕するまでは。後宮《こうきゅう》の女主人・中宮定子《ちゅうぐうていし》に仕え、彼女の笑顔のために東奔西走し、わかったことがある。

この世は濁世だ。権力闘争と権謀術数と嫉妬《しっと》が渦巻いていた。ばかばかしい連中が我が物顔で歩いているし、藤原道長《ふじわらのみちなが》は本気でばかだし。

けれども、その濁世の中で、それでも夢を、理想を、人の心の真を信じて求めて祈って生きる過程にこそ「和」があるのではないか。完成して動かない「和」は人間には無理だけど、ちょうど四季が必ず巡るように、喜びも悲しみも美も醜もあらゆるものをのみ込んで、滔々《とうとう》と流れる大河のようなものが「和」なのだとしたら――。

人の世は、まだまだ捨てたものではない。

「人の世はともかく、怨霊《おんりょう》相手の儀式も宮中行事とは……」

と、後宮で忙しく立ち回りながら、隙《すき》を見つけて清少納言が凝《こ》った腰をそらせた。

「だいぶお疲れのようですね。清少納言が愚痴《ぐち》ですか」

一緒にいた同僚の弁《べん》の将《しょう》も簀子《すのこ》で立ち止まってくすくすと笑っている。

「もう年かしら」と清少納言は肩をすくめた。夏らしい二藍《ふたあい》の唐衣《からぎぬ》である。

「ご冗談を。あなたのほうが私より年上ですけど、私が十人いたとしても勝てません」と弁の将がわざとらしく自分の腰をたたく。「けど、御霊会《ごりょうえ》の準備のときには身体《からだ》が重くなる女房が多く出ますよ」

「何か取り憑《つ》いてるんじゃない？」

「やめてください」

御霊会とは祇園《ぎおん》御霊会のことだ。

都がこの京の地に移ってから、富士山《ふじさん》の噴火や貞観《じょうがん》地震などが相次いだのである。人々はこれを、政争に敗れた早良親王《さわらしんのう》などの六柱の怨霊のたたりだと恐れた。そこで怨霊を鎮めるために祇園の地で牛頭天王《ごずてんのう》を祀《まつ》り、御霊会としたのが始まりだった。

その準備のために、中宮定子のいる登華殿《とうかでん》と、後宮最大の殿舎《でんしゃ》である弘徽殿《こきでん》を行ったり来たりしているのだ。

清少納言は、やや猫目ながら秀麗な面《おもて》の口をへの字にした。

「生きてる間にもう少し御仏の教えを聞いておくべきだったのよ、怨霊さんたち。政《まつりごと》だかお祭り騒ぎだか知らないけど、死んでまで恨み続けて呪《のろ》ったり人の足を引っ張ったりして何になるのよ」

「さすが清少納言。怨霊も蹴飛《けと》ばしそうな勢いですね」

と弁の将が賞賛している。

ありがと、とやや茶色がかったくせっ毛を指先でくるくるした。

清少納言。中宮定子付きの女房だが、いまの後宮でもっとも有名な女房のひとりでもあった。彼女の書いた『枕草子』は日常や自然の事物から宮中の様々な出来事までが、彼女なりの視点で多彩かつ自由闊達《かったつ》に綴《つづ》られ、その聡明《そうめい》さがほとばしっている。御仏の智慧《ちえ》はときに文殊菩薩《もんじゅぼさつ》の利剣や密教の五鈷杵《ごこしょ》のような武器に例えられるが、彼女の才知もそれに似て、ときに稲妻のように心得違いを激しく打つ。

先だっては藤原道長を激しく打ちつけたところだった。右大臣《うだいじん》であり女御彰子《にょうごしょうし》の実父である名実ともに政の実力者たる道長だが、それは内裏での権力と男社会の規範と横暴な性格があればのこと。怨霊すら歯牙《しが》にもかけない清少納言に勝てるわけがなかった。

「さて。仕事に戻りましょう」と清少納言が弘徽殿から登華殿へ戻ろうとしたときだ。

ひばりの羽音のように軽やかな足音とともに、清少納言さま、と呼びかける女童《めのわらわ》の声がした。後宮の見習いの女童で、みるこという。清少納言のお気に入りだった。

「みるこ。こっち。どうしたの？」

「こちらでしたか。お忙しいとは思ったのですが、お客さまです」

清少納言は機敏に反応した。

「ほんと？」

何かが取り憑くかもしれないような御霊会の準備よりもよほど明るそうだ。とはいえ、中宮定子の仕事から遠のくのは多少気が引けるが……。

「はい。橘《たちばなののりみつ》則光さまがご相談とのことで」

みるこの言葉に、思い切り顔をしかめる。

「却下。——今日は日が悪いと陰陽師《おんみょうじ》が言っている」

その言い分にみるこが目を丸くし、弁の将が快活に笑った。

「まあまあ、そんな怨霊扱いしないで」

と弁の将がたしなめる。

「怨霊のほうがまだましよ。陰陽師や密教僧に任せればいいから。生きてる人間のほうがよほど厄介ってものよ」

橘則光は、藤原家《ふじわらけ》の台頭で傍流に追いやられたものの、名門貴族である橘家の氏長者《うじのちょうじゃ》である。母親が花山法皇《かざんほうおう》の乳母《めのと》をしていたため、法皇と乳兄弟だった。これだけだときらびやかな貴族子弟を想像するが、実際には名門特有のおおらかさの反面、武骨で詩歌《しいか》を理解する感性は琵琶《びわ》湖《こ》のどこかに落としてしまった男である。

「厄介ですよね。一度色恋が絡んだ男は――」

「思い出させないで。香炉峰の遥《はる》か彼方《かなた》に投げ捨てたんだから」

則光は清少納言の別れた男であり、要するに彼女にとっては厄介ごとが衣冠束帯《いかんそくたい》を身につけたような存在だった。

一連の会話の間、お使いのみるこの耳を弁の将が両手で塞《ふさ》いでいた。

「それで、則光は何だって？」

「ご用の向きは清少納言さまに直接、とのことでした。ただ、雪のように白い顔をされていて……」

「ふん。季節外れもいいところ。夏の暑さで溶けてしまいなさい」

清少納言が無慈悲に呟《つぶや》き、くせっ毛をくるくるする。

早く行っておあげなさいな、と弁の将がだるそうな彼女の手を引くと、弘徽殿の向こうの角から怪訝《けげん》な顔をした女房が歩いてきた。やはり両手に荷物を持っている。

「清少納言」と夏の暑さを真っ二つにする鋭さで彼女の名前を呼びつけてきた。「明日の御霊会の仕事を放り出しておしゃべりですか。ずいぶん遠くからもあなたの声が聞こえていましたよ」

声の主は落ち着いた色みの緑の唐衣を着ている。あまり日に当たっていないのか色白だが、額や目元は清少納言と同じく聡明そうだ。その聡明さに規範を守らんとする強い意志をみなぎらせて、その女房――紫《むらさき》式部《しきぶ》はこちらをにらみつけている。

清少納言はますます面倒くさくなった。

「こういう気乗りしないときに限ってあんたが出てくるのよね。紫式部」

「気乗りする、しない、ではありません。私たちは後宮の女房。働くのは当然。人間としての義務を果たすだけです」

早速ふたりが舌戦を始めたところで、みるこが弁の将の袖《そで》を引いた。

「あのぉ。紫式部さまは清少納言さまの局《つぼね》で書き物をされたりしていましたよね」

弁の将がにっこりとして、みるこの少女らしい黒髪を撫《な》でる。いろいろあったのよ、とごまかそうとしたようだが、他《ほか》ならぬ紫式部が告発した。

「一時期はお世話になりました。けれどもそれでますます確信したのです。この人は後宮を滅ぼしかねない、この人と一緒にいては私も悪の道に引き込まれる、と」

「みるこになんていう毒を吹き込んでるの。あんたのほうがよっぽどじゃない。散々人の局に入り浸ってたくせに」

「その節はお世話になりました。そしてもうお世話になりません」

弁の将が、ぱんぱんと手をたたいた。

「はいはい。則光さまがお待ちでしょ？　みるこの顔を潰《つぶ》さないためにも、さっさと行きましょう」

紫式部が眉間《みけん》に皺《しわ》を寄せた。「則光さま？　また何かあったのですか」

彼女は純粋に則光の心配をしただけかもしれない。しかし、清少納言はそれを聞いてにたりと笑った。

◇◇◇

後涼殿《こうりょうでん》の一角で、橘則光が待っていた。

だいぶ待たされている。

時間が惜しい。

もしかしたら明日の祇園御霊会を中止させかねない事態に陥《おちい》っているのだ。

そわそわと膝《ひざ》を動かしたり、束帯を直したり、ありもしない目やにを取る仕草《しぐさ》をしたりしていた。色白でそれなりにこぎれいだが、落ち着きのなさが残念ながら男ぶりをずいぶん下げてしまっている。ついでに眉《まゆ》も八の字に垂れ下がっていた。

清少納言に待たされるのはいまに始まったことではない。

中宮定子に仕える女房である彼女は後宮の奥深くにいた。呼び出してもおいそれと出てくるものではない。それ以前、つまりまだ何者でもない者同士の妹背《いもせ》だった頃から、彼女には待たされていたかもしれない。

まるで颪だ。どこからともなく吹いてきて、どこへともなく吹き抜けていく颪。まあ、ときどき木々をなぎ倒すような大颪になることもあるのだが……。

「颪と思えば、捕まえられぬよなぁ」

と、ひとりごちっていると、簀子を渡ってくる音がした。

入ってきた彼女は几帳《きちょう》の向こうの座についたようだ。則光は背筋を伸ばした。

「忙しいところすまない」

すまないという気持ちに嘘《うそ》はないのだが、声が明るくなる。

昔の恋人だから気安さが勝っているのだと思った。彼女のほうでは距離を取りたがるが、水くさいではないかとさえ思ってしまう。男と女の見解の相違なのだろうか。

「こちらこそ、清少納言がお待たせして申し訳ございません」

丁寧な挨拶《あいさつ》を聞いて、則光は仰天していた。

「え？　そ、その声は——紫式部どのですか」

「はい。——大変、不本意ながら」

「あの、清少納言は……？」

則光が狼狽《うろた》える。相手が清少納言だと思えばこそ、妙に明るい声を出してしまったのだ。他の人間、それも、帝《みかど》も愛読する『源氏物語《げんじものがたり》』の作者である紫式部などという才媛《さいえん》になれなれしくしてしまったのは羞恥《しゅうち》の極みだった。

◇◇◇

そんな則光の身悶《みもだ》えするさまを、清少納言は几帳の隙間《すきま》から生暖かいまなざしで見ている。生真面目《きまじめ》な紫式部が彼に何か言おうとするのを、すぐ後ろから清少納言が口元を押さえようと手を伸ばした。

「ちょ、何をするのですか」

「紫ちゃんと私の足音の区別もつかない奴《やつ》なんて、放っておけばいい」

あとから来た弁の将が、几帳に入るまえに則光に頭を下げている。顔は女が使う衵扇《あこめおうぎ》でしっかり隠していた。

「清少納言がいたずらをしたのですよ」と弁の将が内実をバラしている。

「いたずら、ですか」

「紫式部どのとくっつくほどに身を寄せ、彼女の歩調に合わせ、ひとりしかいない振りをして几帳に入ったのです」

足音だけではひとりにしか聞こえないように気をつけたのだった。

「はあ……」と則光があきれたような、感心したような息を漏らす。

「弁の将。あっさり種明かししたらおもしろくないでしょ？」

と清少納言がとがめた。

みるこが水を運んでくる。

「そんなことより！」と紫式部が押し殺した声で激怒していた。「一体《いったい》人を何だと思っているのですか!?」

「だってさー」と清少納言が涼しい顔で水を飲む。「則光が来るでしょ？　ろくでもない相談するでしょ？　解決に乗り出すでしょ？　絶対にあんた邪魔するでしょ？」

「邪魔なんてしませんっ。あなたが解決という名のもとに、周囲に被害を及ぼすのを止めようとしているだけです」

みるこが水を配り終えると、則光が申し訳なさそうに額をかいた。

「すまない、清少納言。毎度毎度のことながら、力を貸してくれ」

「……ほらね」

清少納言が肩をすくめる。内裏を押し包む蟬《せみ》の声が一段と増したようだった。

「清少納言」と紫式部が袖を引く。「あなたは聡明な才女よね？」

「どうしたの？　急に」

「普通に則光さまの話を聞いて、普通に助言し、普通に解決に導けばいいのです。できますわよね？」

真面目な紫式部はそう言うが、清少納言としては元恋人の悩み相談をそうしょっちゅう聞いてやる気にはなれなかった。恥も外聞もあるのだ。

「夏は夜。月のころはさらなり、闇もなほ、ほたるの多く飛びちがひたる。——そう『枕草子』に書いたけど、昼間は暑くて嫌になるわ。もうすぐ祇園御霊会だけど、暑い夏の昼間に供養されて、怨霊になんてなるものではないわね」

「話をそらさないでくださいっ。——あと、夏は夜、なんて言ったら、夜会いましょうと受け止められかねませんよ」

紫式部が冷静に指摘する。ぎょっとなった清少納言が几帳の隙間から見やると、則光が妙な顔をしていた。ばか、と叱責《しっせき》し、返す刀で紫式部にも言い返す。

「万年恋愛妄想姫はとんでもない想像を膨《ふく》らませるものね」

「和泉式部《いずみしきぶ》みたいに頭の中が恋愛でいっぱいな人みたいに言わないでください」

「あ、そうだね。ごめん」としおらしく頭を下げた。「紫ちゃんの場合、すべては『源氏物語』で自己完結。現実のお相手がいない万年妄想姫だったもんね」

紫式部の頬《ほお》が引きつっている。

「あー、で、その、何だ。俺の話をしてもいいかな」

と則光がおずおずと声をかけた。

「ご随意に」

「いま話題になっていた祇園御霊会のことで相談なんだが」

「はい？」

「こちらが何か言うまえから祇園御霊会に触れてくれて、さすが清少納言だと感心したところだ」

なぜかほっとした表情で水を飲む則光。

「その準備でいま忙しいところだったからだけど」

「ああ。忙しいところ悪いな。俺のほうもそうなんだ」

俺のほうもそうなんだ、などと軽く済ますな、と思うが、とにかく不穏な空気を感じて黙っていることにした。

「…………」

「実はな」と則光が声を潜める。「御霊会の振幡《ふりはた》を紛失してしまって……」

御霊会の振幡とは、祇園御霊会の行列の先頭で掲げるもので、行列の露払いであり、先導をするためにある。

「一大事ではありませんか」と声を張ったのは紫式部だった。

このままでは列の先頭に立てない。先導者がいなければ行列は成り立たない。最悪、祇園御霊会が中止になってもおかしくない。——生真面目な紫式部のことだ。一気にそこまで考えたのだろう。

「一大事ですよね⁉」と則光がますます慌てている。

「振幡がないなら、柳の枝でも振りながら歩けばいいじゃない」

「そんなことが許されるものですか」と紫式部が怒っている。

弁の将が「みるこ、少しあっちで待機してもらっていいかな?」と無垢《むく》な女童を遠ざけた。みるこの耳にあまり入れるべきでないと思って、と言うと、紫式部が「賢明な判断です」と頷いている。

ふたりのやりとりには何も言わず、清少納言は則光に問いかけた。

「振幡ってそんなに簡単になくなるものなの?」

「そんなことはない。大きい。だから正しくは、振幡の一部がなくなった、だが」

清少納言が顔をしかめる。横を見れば紫式部が目を見張っていた。弁の将は微笑《ほほえ》みながら少し上のほうをぼんやり見ている。

「……話を聞きましょうか」

清少納言が低い声で言うと、則光は一度平身低頭してから話し始めた。

◇◇◇

件《くだん》の振幡は、普段は祇園御霊会を主催する八坂神社《やさかじんじゃ》に保管されていた。今日、則光はそれを借り受け、右近衛《うこんえ》に用事があったのでそのまま参内《さんだい》していたのである。

すんなりと用が済み、適当に談笑して則光は愉快な心持ちになっていた。多少浮かれた気分で校書殿東廂《きょうしょでんひがしひさし》にある右近陣座《じんのざ》を出ると、少し北側に人のいない一間がある。普段ならやらないことなのだが、気持ちが高揚《こうよう》していたせいで、明日の振幡をふと確認しておきたくなった。

唐櫃《からびつ》などが置かれている一間で、日が当たらないせいでひんやりしている。振幡はいつも連れている童の竹丸《たけまる》に持たせてあった。則光は受け取って、竿《さお》につけて掲げてみる。薄く、軽い紙が幾重にも重なり合っていて、持ち上げて振ってみると七夕の笹《ささ》のように音を立てた。

「なるほど。あまり重くもない。大幣《おおぬさ》に似ているな。これで、行列の先導をするわけか」

と、則光は振幡を構えて、竹丸に竿の角度や高さを確認させる。

則光が何度か振幡を動かし、だいたいの感じを摑《つか》んで、竿から振幡を外そうとしたときだった。

遠くのほうで女の声がした。同僚を捜しているのか、名を連呼している。珍しいなと立ち上がってそちらを見ようとした則光の目に、それとは別の光景が飛び込んできた。

校書殿の北、後涼殿のほうが変に慌《あわ》ただしい。

男たちがずいぶん出入りしていた。それは祇園御霊会まえで忙しいからかもしれないが、どの男たちも無言で目を合わそうともしないのが不思議だった。

「則光さま。どうかされましたか」

「うむ。後涼殿が何やらにぎやかでな。ちょっと見てきてくれないか」

「はい」

竹丸がするすると様子を見に行く。則光はそれをじっと見守っていた。その間にも男たちは素知らぬ顔で動いている。竹丸がにこやかな顔で様子を伺いに行った。その中のひとりが面倒くさそうに竹丸を手で追い払っている。

しばらくして竹丸が戻ってきた。

「どうやら藤原道長さまたちが明日の祇園御霊会の見物の打ち合わせをしているようでした」

へえ、と則光が感心する。

「御霊会を無事に済ませたら、そのまま酒宴でも開こうというのかもな」

「みなさま、飲んだり食べたりがお好きなのですね」

竹丸が少しうらやましそうな顔をした。酒はともかく、元気な童の竹丸は食べ物への興味は募《つの》るようだ。

「はは。まあ、大人の世界というのは飲み食いが仕事みたいなところもあるのさ」

「そうなのですか」とますますうらやましげな表情になる竹丸。大人の飲み食いは腹を満たすだけではない。こういうところからコネや情実を摑んでおきたいと願う者が雲霞《うんか》の如《ごと》くいるのだ。

ちなみに、則光自身は呼ばれていない。清少納言が仕えている中宮定子の兄の伊周《これちか》から声がかかるときもあるが、今回はどこからも酒の誘いはなかった。

「ま、酒が嫌いではないのだが、詩歌の教養がアレであまり話が弾まないから苦手でな。おまえは幸い清少納言の手習いを受けているんだから、その辺もきちんと教わるんだぞ」

「はい」と竹丸が素直に返事する。

則光自身はそもそもが宮中の派閥やら出世やらの諸々《もろもろ》に淡泊なのだが、竹丸には人並みの立ち居振る舞いができるようになってほしい……。

それにしても世の男どもは仕事以外にもいろいろ忙しいのだな、と則光が鷹揚《おうよう》に考えたところで、先ほどの振幡を出しっぱなしだったと気づく。いけない。大事な品だ。きちんと片付けなければ——。

そう思って振り返ったときだった。

「どういうことだ、これは——」

振幡がほっそりしている。慌てて手に取ってみると、軽い。

男たちの動きに気を取られている間に、祇園御霊会の行列を先導するための振幡の紙の半分がなくなっていたのである。

◇◇◇

話を聞き終えたとき、清少納言は何とも名状しがたい気持ちだった。

視線を感じて紫式部を見れば、険《けわ》しげな表情でこちらを見ている。

「清少納言、まずは落ち着いて話を分析するのです。時間がないからと手当たり次第にけんかを売るのは上策ではありませんからね」

側で弁の将がしきりに頷いている。

「ふたりとも私を何だと思っているのよ」

「たぶん、こう考えているのではありませんか。振幡をぜんぶむしってしまえ、最初からそんなものはなかったのだ、と」

「いいこと言うわね。よし。振幡を出しなさい。さっさとむしってしまおう」

「おいいいぃぃ」と則光が情けない声を上げる。「そんなことできるわけないだろ」

「清少納言っ」と紫式部が我に返った。「やっぱりあなた、そんなことを」

「最初に言い出したのは紫ちゃんなんだから、紫式部がやりました、で丸く収まる」

「――私、あなたについてきてよかったです。いつの間にか冤罪《えんざい》を被るところでした。則光さまもご用心なさいませ」

はあ、と則光が頬をかいている。

先ほどの話に出てきた、明日の酒宴を打ち合わせているような男たちは、この一間の周りにはもういなさそうだった。

清少納言は頬に手を当てながら、いかにも嘆かわしげに、

「まったく、本当の敵はいつも身内にいるものねぇ」

「敵とは何ですか。私はいつでも正しくありたいと思っているだけですと言ったではないですか。あなたが変に話をはぐらかそうとしているからでしょう」

ふたりの口論を聞きながら、弁の将がくすくす笑っている。

「ふふ。何だかんだ言って、清少納言は紫式部さまを『身内』と思っているのですね」

「それは違うよ、弁の将」と清少納言がにやりとした。「文字通りの意味」

顔をしかめた紫式部がふと何かに気づいた表情になる。

「清少納言。何か気づいたの？」

「そもそも、明日の準備で忙しいのに、他に気を取られて振幡の一部がなくなったなんて、気を取られていた則光が悪い」

清少納言も忙しいのである。何となく謎解《なぞと》きを一手に引き受けるような前例は作りたく

ないのだった。

則光がへこむ。

「その通りだ……。ただ、俺なりにがんばったつもりだけどどうしていいかわからなくて。明日の祭りまでにどうしたらいいのか。御霊会だからやはり怨霊の仕業かもしれないと思って、陰陽師のところへ相談に行こうとは思っているのだが」

陰陽師とは天の星々の動きを見つめ、暦《こよみ》の流れを摑み、運命の行く末と吉凶を読み取る者たちである。その超越した能力から密教僧と同じく悪鬼退散や疫病《えきびょう》調伏《ちょうぶく》、政敵の生霊返しなども請け負っていたが、中務省《なかつかさしょう》下《か》の陰陽寮《おんようりょう》に所属するれっきとした役人たちだった。

「たしかに、御霊会の振幡にそのようなことがあったのですから、陰陽師に相談するのも手かもしれませんね」

と紫式部が顎《あご》を引いた姿勢で考えている。

「おんみょうじぃ?」と清少納言が語尾を上げた。「恥をかくだけだからやめときなさい」

「やめろ?」

清少納言は毛先を指でくるくるした。

「あんたはどうしてそう中途半端《ちゅうとはんぱ》にあれこれ動こうとするの?」

「しかし……」

「少なくともいまの話を聞いただけじゃ、どういう状況かわからない。あんたが調べ尽くしたかどうかもね。明日は祇園御霊会。それこそ陰陽師のみなさまだって忙しいでしょう。もう一度、徹底的に調べて調べて――人事を尽くしてどうしようもなくなったら頼るものよ、陰陽師は」

「え?」と則光が首をかしげると、袙扇で顔を隠した清少納言が几帳から出る。

「まず振幡を見せなさい」

清少納言がそう言うと、彼女の後ろの紫式部が付け加える。清少納言の気持ちが変わらないうちに、と。

則光は「すまないっ」と頭を下げると大急ぎで振幡を差し出した。

翌日。白い雲がゆったりと流れる青空の下、祇園御霊会の列が練り歩いていた。

その列を率いるのは雲を地に呼んだような白く軽やかな振幡であり、それを持った則光だった。

行列が歩を進めるたびに、砂利を踏む音が静かに広がる。

清少納言はその様子を弁の将とふたりで牛車《ぎっしゃ》から眺《なが》めていた。

「則光さま、緊張してる感じですけど、晴れがましげで……」

弁の将の言葉に笑いが混じっている。

「ほんと、心地よさそうに持っていらっしゃいますこと」

清少納言は彼に無感動な眼差《まなざ》しを向けながら、昨日の顚末《てんまつ》を振り返っていた。


——半分になったという振幡を一瞥《いちべつ》して清少納言は小首をかしげた。

「もともとの大きさがわからないから、これで正解のような気もするけど」

「いやいやいや。これ、もっとたくさんあったんだよ、紙が。いまは半分くらいなんだ」

則光がそう言うと、振幡を持っていた竹丸もしきりに頷いている。

「竹丸に免じて信用してやるとして」と清少納言が振幡を細かく観察する。「……ふむ。竿につないであった根元あたりから紙がちぎれたようなあとがある」

「本当か？」

「よくご覧なさい」

清少納言の言う通りだった。紫式部が眉を寄せる。

「誰かが引きちぎった……？」

ちぎれている紙のあたりに清少納言はもっと顔を近づけた。引っ張ったせいで紙が伸び、ちぎれたことで紙の繊維が立っている。

その繊維のあたりをそっと指先で触れ、取れた物をじっと見つめた。

「何かあったのですか？」

と紫式部が覗《のぞ》き込《こ》む。

清少納言が鋭く言った。「近づかないで。証拠が飛んでいく」

「え？」

しばらく指先の物を見つめていた清少納言だったが、それを懐紙に移すとすっきりした表情になる。

「竹丸は後涼殿へ行っていたのだから……犯人は則光ね」

清少納言がさっさと断罪すると、則光が悲鳴を上げた。

「違うっ」

「どうして」

「だって、俺がどうして振幡を破損するんだよ」

「その通りよ。動機は何？　さっさと白状なさい」

「濡《ぬ》れ衣《ぎぬ》だ！　どうして俺を犯人にしたがるんだ」

「さっさと終わらせたいから」

手抜き捜査でどうしても犯人を則光にしたい清少納言と、どうしても犯行を認めない則光とでしばらく言い合いが続いた。

「清少納言。このやりとりのほうがよほど時間の無駄ですわ」

「だって。犯人って言ったら人間でしょ？　この振幡に触れた人間は則光だけだもの」

「だからって――」と言いかけた紫式部が眉根《まゆね》を寄せる。「それって、人間以外の仕業ということ？　まさか本当にあやしのものが何かをしたの？　陰陽師の出番なの？」

清少納言が肩をすくめた。

「途中までは正解。だけど、あやしのものや怨霊さんはご神事に関する物に触れられるの？」

「あ」彼女が首肯《しゅこう》する。「そう言われればそうですね」

「ご覧」と清少納言が懐紙を見せた。

「それは――？」

と紫式部が尋《たず》ねる。清少納言は手にしたそれをいろいろな角度から眺めながら、

「こちらはちぎれた紙の繊維。問題はこっち」

「同じように白いですけど……何か違う？」

「毛ね。この白い毛艶《けづや》とこんなところに入り込めたことを考えると――猫の毛だと思う」

「猫――？」

紫式部が怪訝な顔をする。

「以前、猫の毛をじっくり見る機会があったでしょ？　あのときのと色違い」

「そう言われれば、たしかに――」

几帳の向こうで則光が色めき立った。

「猫？　猫がやったのか？」

「そ。ここからは助手の紫ちゃんに任せよう。このあたりをわがもの顔で走り回る猫を特定して頂戴《ちょうだい》」

「何ですって⁉」と紫式部が目をむいた。

「それから弁の将は私と一緒に鼠《ねずみ》を捕まえに行こう」

「……鼠ですか」と弁の将がこの世の終わりのように嫌そうな顔をする。汚いし素早いし、好き好んでやるものではない。

「嫌なことほどさっさと終わらせる！　文句があったら、御霊会の前日にこんなことを言ってくる則光に言いなさい。さあ、時間との勝負よ」

清少納言はやんわりと微笑んで助手と同僚をせかした……。


祇園御霊会の行列が近づいてきた。

「――鼠。捕まえるの大変でしたね」と弁の将が遠い目をしている。この遠い目はいまやって来ようとしている祇園御霊会の行列を見るためのものではなかった。

「掃司《そうし》の丹波《たんば》が知り合いでよかったわ。鼠のよく出るところを教えてもらって、私と丹波で追い詰めて」

「私が桶《おけ》に捕まえたんですよね……」

「弁の将、偉かった」

わあ、という歓声が遠くで聞こえる。行列が動き出したようだ。

「——そのあと、紫式部さまが一生懸命がんばって猫を見つけて」

と弁の将が言うと、清少納言は肩をすくめた。

「特定するのがちょっと遅かったけど、紫ちゃんなりにがんばったから及第点としてあげようかな。飼われている猫はみな首紐《くびひも》につながれている。万一そこから抜け出したら、お世話係が探し回らなければいけない。名を呼びながらそこいら中を」

「則光さまが後涼殿に出入りする男たちを目にするきっかけになった、同僚の名を連呼する女の声というのが猫を捜していたお世話係だったなんて」

「猫は後宮でも飼ってるけど、後宮で猫を捜す声がさすがに校書殿まで聞こえることはない。校書殿まで聞こえるなら、その声は主上のいます清涼殿《せいりょうでん》や紫宸殿《ししんでん》からしていたというこ と。となれば、主上がかわいがっている命婦《みょうぶ》のおとどしかないのよ」

命婦のおとど、とは普通なら女房名になるところだが、この場合は主上がかわいがっている雌《めす》猫の名前を指している。主上のいます清涼殿に上がるには五位以上の位階を持つ殿《てん》上人《じょうびと》でなければいけない。そのため、女性で同様の位階、従五位下《じゅごいげ》以上を指す命婦の称を授け、もって名としたのが命名の由来である。おとどは高貴な女性への尊称。だから平たく言えば「女貴族さま」あるいは「女官《にょかん》さま」という名の猫だった。

「でも、問題はその先だったんですよね……」

疲労の残る弁の将に清少納言は肩をすくめる。

「猫のくせに『殿上人』なんかにするから、ややこしいのよ」

祭りの音を聞きながら、鼠を捕らえてからの出来事を振り返った。


猫を命婦のおとどと特定した清少納言は、俄然《がぜん》燃え上がった。

「よし。乗り込もう」

「ダメですっ」

早速止めたのは紫式部である。

「なんで」

「相手はれっきとした殿上人です」

宮中で才媛として名を馳《は》せている清少納言だが、公的な身分としては中宮定子付きの女房にすぎない。定子に付き添うか、彼女自身が清涼殿での催し物に呼ばれたりしない限り、清涼殿へは立ち入れない。仕える主《あるじ》こそ違え、紫式部も同様だった。命婦のおとどに直接会いにいくのは意外に面倒なのである。

「わかってるわよ。あと、殿上人ではなく殿上猫」

「揚げ足取りはどうでもいいのです。とにかく、位階の差はわきまえないと」

「だ、そうよ」と清少納言は則光に声を投げた。「薄情な紫ちゃんのおかげで、明日の祇園御霊会は台無しになっちゃうかも」

「なっ……」と紫式部がこめかみをひくつかせる。

「どうしたらいいんだよ」と則光が泣きそうになった。

「だから、則光が犯人のほうがさっさと終わるのよ」

「………」

「あのぉ。それっぽく聞こえるかもしれませんけど、清少納言は則光さまを丸め込もうとしていますからね？」

「弁の将！　あなたまで裏切るつもり!?」

「事実の指摘です」と弁の将が渋《しぶ》い顔をする。「ここからは推測。まだ何かするんでしょ？　私が捕まえてきた鼠、まだ使われていませんから」

清少納言がくせっ毛をくるくるやりながら、

「弁の将、よくがんばってくれたものね。これで命婦ちゃんに会うのよ」

彼女は命婦のおとどの世話役である馬《ま》の命婦――こちらは人間の女官である――に手紙と共に鼠を届けたのだ。

《猫虎獲迎祭――猫は鼠を捕らえるために神と祭られる。そのための鼠を差し上げます》

さっそく、馬の命婦が何事かとやって来た。

馬の命婦は、生き物をやさしくかわいがる姿がいかにも想像できる、心優しそうな面立ちをしている。

清少納言にしてみれば、馬の命婦が出てきてくれれば勝ちだった。

あとは馬の命婦に掛け合って命婦のおとどの寝床へ案内させるだけだったが、事情を説明し、「ひょっとしたら命婦のおとどが……」と匂《にお》わせただけで、馬の命婦が「申し訳ございませんっ」と勢いよく謝ってきたのである。

これには清少納言も興をそがれた。

命婦のおとどは清涼殿に「局」を持っている。馬の命婦が自らの局で命婦のおとどの世話をしているというのが正しいはずである。ただ、主上のお気に入りの猫となれば、主客は替わって、命婦のおとどの局に馬の命婦が間借りしているように見えた。

馬の命婦の案内で特別に清少納言が彼女と共に命婦のおとどの寝床を覗《のぞ》く。命婦のおとどは、局の中のもっとも日当たりのよいところに小さな茵《しとね》を与えられて丸くなっていた。

馬の命婦の話ではご飯が終わって食休みのひと眠りらしい。

おなかの下を見れば、くわえて千切ったのか、じゃれて切ったのかわからないが、振幡の一部が敷物《しきもの》のようになっている。

「これは……本当に、命婦のおとどが失礼しました」

と馬の命婦が平身低頭した。

「いえいえ。馬の命婦さまも、猫がお好きだからいまのお勤めをされているのでしょうが、いろいろと大変でしょう」

清少納言が心からの同情――に聞こえる声――でそう言うと、ぽつりぽつりと馬の命婦がお世話係のつらさを話し始める。相当苦労しているようだった。

「命婦のおとど、首紐が嫌いらしくて、しょっちゅう脱走するのです――」

最初こそ、命婦のおとどのいたずらへの気苦労だったが、すぐに様子が変わった。猫と遊んでいるだけで位《くらい》がもらえて楽だろうと言う者もいれば、猫をかわいがりながら畏れ多くも主上の寵愛《ちょうあい》を狙《ねら》っているのではないかと勘ぐる者もいたり、はたまた猫なしでは用なしで、猫という畜生に養われているかわいそうな女と陰口《かげぐち》をたたかれたり……。聞いている清少納言のほうが気分が悪くなるほどだった。

当の馬の命婦は自嘲《じちょう》するように語っている。

「それはおつらいことでしょう。馬の命婦さま」

と清少納言がしみじみ頷いていると、とうとう馬の命婦は涙をこぼした。

「……そんなふうに言ってくださったのは、あなただけです」

すまじきものは宮仕え、とはここでも真理なようだった。

ともあれ、清少納言がじっくりと愚痴を聞いてあげ、つらい胸の内をすっかり吐露しきった馬の命婦は可能な限り迅速かつ丁寧に振幡を修復する手はずを整えてくれたのだった。

そのような涙と苦労がこめられた振幡とは露知らず、やや緊張しながらも誇らしげに則光は掲げている。

行列を眺める人々が歓声を上げていた。祇園御霊会の行列と、それを眺める人々と、祀られる怨霊の三者を頭の中に並べて、清少納言はぼんやりとつぶやく。

「和を以て貴しとなせないのが、人の世のあはれ。それもまた、いとをかし」

「どうしたのですか。そんな悟ったような言葉を口にして。私はてっきり、馬の命婦の愚痴から関係する方々の悪事を聞き出しているのかと思っていました」

なかなか鋭い。

「弁の将は私を何だと思っているの？　まあ、道長の名が出てきたらがっつり詳しく聞き出すつもりだったけど」

弁の将が声に出して笑った。

「あはは。さすが清少納言です。それにしても、どうしてそんなに道長さまを目の敵《かたき》にされるのですか」

「向こうから突っかかってくるのだから仕方がないでしょ」

「まあ」

「男どもの規範で中宮さまや後宮をいじくろうという根性が気にくわないのよね」

「まあ、後宮といえども人の集まりなので規律がいることは間違いないのですが」

「和を以て貴しとなせってね。それはいいのだけど、後宮は主上をお支えする役目。主上と道長は違う。主上を凡百《ぼんぴゃく》の貴族と同列で捉《とら》えようとするのはおこがましい」

「道長さまの名を出しちゃいましたね」と弁の将が苦笑している。

かまうもんですか、と清少納言が続けた。

「後宮は花園。色とりどりの花を咲かせて主上を支えるとともに、それぞれの個性を大事にしながら和を目指すところ。道長みたいな権力者の好みで、立ち居振る舞いから見目《みめ》形《かたち》まで一種類の花で染め上げ、あとは無価値と言わせるようなまねは絶対にさせない」

「道長さまは道長さまで、相変わらず清少納言を女御さま付きの女房に引き抜きたがっているし。その辺って、道長さまはわかってくれる日が来るんでしょうかね」

さあ、と肩をすくめた清少納言が、物見に額を押しつけるようにしながら外を見る。

「命婦のおとどは位階があるとはいえ猫。猫の本分は鼠捕り。人の本分は何かしらね」

彼女の問いに弁の将は何も答えられなかった。

わあっという歓声がまたしても見物客から上がる。清少納言はひとりつぶやく。

心ちよげなるもの　うづゑのほうし。御神楽《みかぐら》の人長《にんぢょう》。御霊会のふりはたとか持たる者。
――卯杖《うづえ》を携えた法師。御神楽の人長。御霊会の振幡を持ってる人。誇らしげで心地よさげで、よろしいですこと。

祇園御霊会が終わった明くる日の昼。定子の御座所《おましどころ》に清少納言と弁の将はいた。

「あら。清少納言。今日は浮かない顔をしているのね」

と上品な小袿《こうちぎ》に身を包み、脇息《きょうそく》にもたれた定子が小首を傾《かし》げる。美男子の誉れ高い藤原道隆《みちたか》と本格女流漢詩人の高階貴子《たかしなのきし》という両親から美貌《びぼう》と才をすべて引き継いだとまで言われる定子は、そのような何気ない仕草ひとつも天女のような神々しさだった。

「浮かない顔などと……申し訳ございません」

清少納言が頭を下げると、遠くの女房が聞こえるか聞こえないかの大きさの声で「中宮さまのまえで無礼ね」とあげつらう。無視した。和を以て貴しとなすのは難しい……。

「宮中にいなければいけなくて見られなかった祇園御霊会の行列など話を聞きたくて、夜が来るのをずっと待っていたのに」

ずっと、を心持ち長めに発音する定子。息づかいの熱に、清少納言はどぎまぎする。

「はい……」

声がうわずった。夜、その日にあったよしなしごとを物語りして定子の笑顔への捧《ささ》げ物とすることこそ、清少納言が自らに課した後宮での本分なのである。

定子がちらりと儚《はかな》げな流し目で、

「夏は夜と言ったのはあなたでしょ？　私以外の誰かとの夜のほうが楽しいのかしら」

「いいえっ⁉　そのような相手はおりませぬゆえ」

「冗談ですよ」と定子が笑い、他の女房も笑っている。

清少納言もつられて笑ったが、はて定子のいまの発言を冗談と聞き流してよかったのだろうか。定子は自分より十一歳も年下なのに。いや、中宮という主上の后《きさき》なのだから、このくらいは普通なのか。いやいや、やはり教育上、いまのは笑ってはいけなかったのではないだろうか……。

ともかくも、清少納言が祇園御霊会の振幡と命婦のおとどを巡る話をすると、定子は微笑むわけではないが興を感じたように耳を傾けている。

清少納言の話が終わると、定子は早めの桃を口にして喉《のど》を潤《うるお》して、周りを見る。

「御霊《みたま》を鎮めるは密教僧や陰陽師の役目でしょうから、私たちはせめて歌で慰めましょう」

間《ま》にいた女房たち――清少納言以外――が互いに顔を見合った。

「どんな歌がいいのかしら……」というつぶやきが誰からともなく聞こえる。

すると定子はまっすぐにその名を口にした。「清少納言。どう？」

他の女房たちの視線が糸を引くように我が身に集まった。毎度毎度であるが、にわか雨ほども気にならない。この瞬間、清少納言の心には他の女房も道長も誰もいない。

身を切るような冬の日に彼女は香炉峰《こうろほう》の雪を定子に示した。いまは夏の暑さの残る夜に一服の清涼をもたらすものを示さん。

定子の心にただただ応《こた》える、その一条の念《おも》いのみ――。

清少納言は衵扇を静かに閉じた。「されば」と背筋を伸ばす。定子がそっと目を閉じた。

年経《ふ》れば　齢《よわい》は老いぬ　しかはあれど
　君を見るなら　もの思ひもなし

歌が終わると、一拍おいて他の女房たちが動き出した。

眉をひそめ、こそこそと言葉を交《か》わす。これは間違ったのではないか、というささやきが混じった。日頃、自分の知恵をひけらかしているけど、などという陰口もかすかに聞こえてくる。

ただひとり、定子だけが違った。

長いまつげに覆《おお》われた眼《め》を開き、大きく息をつきながら微笑んだ。

「『年経れば　齢は老いぬ　しかはあれど　花をし見れば　もの思ひもなし』――年月が経《た》ったので私は年老いてしまった。そうではあるが、美しい花を見ていれば何の物思いもない。そのように太政大臣《だいじょうだいじん》だった藤原良房《よしふさ》さまが、娘である文徳《もんとく》主上女御の染殿后《そめどののきさき》（藤原明子《めいし》）さまのそばの花瓶《かびん》の桜を見て詠《よ》んだ歌ね。それを清少納言は『君を見るなら』とあえて変えた」

　清少納言は口元を笑みの形にする。さすが中宮さま。どこぞの女房たちのように言い間違えだなどとは思ってらっしゃらない――。

「左様にございます。――年をとってしまった私だけど、美しい中宮さまを拝していれば悩みなどありません、と」

　主上はその徳で怨霊を慰撫《いぶ》するだろう。けれども、中宮たる定子は外見と立ち居振る舞いと心の美しさによっても怨霊を慰めよう。怒り狂う男どもといえど、美しい天女や観音菩薩の後光には思わず知らず、罵声《ばせい》も止まって振り上げた拳《こぶし》も行き場を失うだろう。

　しかめ面でひそひそしている女房どももいる。こんなときまで中宮さまを持ち上げて、と言いたげだ。そういう解釈ならそれでもいい。彼女にとって定子はいくら称《たた》えても手の届かない、北極星のような存在なのだから。

「ふふ。私が出てきたのはすこしびっくりしましたけど……亡くなった方に、残されたこの世の人間が心正しく幸福に生きている姿を見せるのも供養と言います。人の世に恨みを抱いて亡くなった御霊に、美しいものをお見せできるような中宮ではありたいですね」

「何をおっしゃいますか。すでに中宮さまのお美しさは御霊をも慰めていることでしょう」

清少納言が言上し、深く礼をすると定子は脇息に身体を預けた。

「いとをかし。こういう機知に富んだあなたの心が見たかったのよ？」

聡明で美貌にも恵まれ、ために良くも悪くも「今めかしい」と評される定子。その彼女を笑顔にしたいと思って日々のよしなしごとをおもしろおかしく話している清少納言だったが、清少納言のほうこそ多くの喜びを与えられていたようだ。

ふと定子が物憂《ものう》げな表情になる。

「それにしても、翁丸《おきなまろ》はどうしているかしら」

その声が聞こえた女房たちも、等しくうつむいた。

「翁丸……。中宮さまがかわいがっていらっしゃった犬の名前ですね」

「ええ。命婦のおとどとけんかして、翁丸が嚙《か》みついてしまって。それで流刑になってしまって犬ばかりいる犬島へ流されてしまいました。かわいそうな翁丸……」

「中宮さま……」

定子の気持ちを慮《おもんぱか》って目が熱くなった。その様子を見て、定子は微笑んだ。

「ふふ。あなたまでそんな顔しないで。あなたの笑顔はとってもすてきなのだから」

「ちゅ、中宮さま⁉」

「まるで翁丸みたい」

そう言って定子は清少納言のくせっ毛をなで回した。目が回りそうだ……。

どこかから猫の鳴き声が聞こえてくる。馬の命婦が捜す声も聞こえたから、猫は命婦のおとどのようだった。夜になっても命婦のおとどは、人間さまより元気らしい。

第一章　上にさぶらう命婦のおとど

一年は十二の月でできている。水無月《みなづき》は六つめの月で言うまでもなく、ちょうど折り返しの月である。

水無月でもっとも大きな宮中行事と言えば夏越《なごし》の大祓《おおはらえ》だった。

毎日ごみが出るように、人が生きていれば心にも塵《ちり》や垢《あか》がたまってくる。一年の心の塵や垢、要するに穢《けが》れを祓《はら》うのが師走の大祓だが、ごみも一年ためたら大変だ。そこで一年の半分、水無月にも祓《はらえ》を行い、心身を軽やかにするのである。

几帳を揺らす風がそよとも吹かぬ自らの局で、清少納言は筆の手を休めた。

「雨か暑い日差しか祓の声ばっかりなのねぇ。すごい」

と、あきれたような、感じ入ったような独《ひと》り言《ごと》を漏らす。

「冬に来た清少納言は初めての水無月ですものね。毎年こんなものですよ」

と横にいた弁の将が笑顔で答えた。清少納言より年下の彼女だが、女房としての出仕歴は長いのである。

ふーん、と頷いた清少納言が再び筆を持つ。ちょうど毎日の勤めが一段落し、清少納言は文机《ふづくえ》に向かっているところだった。

ところが、ほんの一行書くか書かないかのところで、清少納言が胡乱《うろん》げな顔になった。

「ケガレ」

「え?」と弁の将が聞き返す。

心身の気が枯れたケガレの状態から穢れが生まれ、不調和な状態となって罪と心の汚れが発生すると考えられている。白い紙を折って作った人形《ひとがた》で身体を撫でたり、息を吹きかけたりして穢れを移して祓う。

「何か大きな穢れが近づいている。中宮さまのおわすこの登華殿に。祓えに使う人形を早く用意しないと」

清少納言が弁の将をけしかけたが、彼女は顔をしかめるばかり。

「あのぉ。何のことだか、さっぱり……」

そうこうしているうちに簀子を渡る気配がしてきた。局から軽やかに飛び出した清少納言は、相手に対して陰陽師のように印のようなものを結んだ。

「悪鬼退散!」

彼女のまえに立っていたのは紫式部だった。不意に悪鬼呼ばわりされた紫式部が頬を引きつらせている。いつもの藤色《ふじいろ》の唐衣で、左手に紙の束を抱《かか》えていた。

「あら、紫式部さま。おひさしぶりです」

と弁の将がにこやかに挨拶すると、清少納言がそれを止める。

「挨拶なんてしなくていいのよ、弁の将。まったく何しに来たのやら」

「挨拶もろくにできない女房どのに申し上げることはありません」

するとと清少納言が優雅に手の甲を口元に当てた。

「あらあら。模範的な女房さまはおっしゃりようが違いますこと。私たちが女御さまのいらっしゃる飛香舎《ひぎょうしゃ》へ行ったら、さぞかし丁重に扱っていただけるのでしょうね」

「他の方はともかく、あなたであれば丁重にお帰りいただきます」

「なんでよ」

「どうせろくでもない厄介ごとを持ち込んでくるのでしょうから」

「それはこっちの台詞《せりふ》。あんた、何しに来たの？　また備前《びぜん》のおもとどのにお香の拝借？」

と彼女が言ってみると、紫式部が視線をそらす。

「……すでに話は通してあります」

清少納言がため息をついた。「以前もこんなことがあったけど。自分の仕事ではないのなら、そんなこと引き受けなくてもいいんじゃないの？」

「誰かがやらなければいけない仕事です」

「だから、その誰かさんにちゃんと働かせなさいって言ってるの」

清少納言が腰に手を当てて言い切ると、紫式部は聡明そうな額に手を当てながら呟く。

「若くて賑《にぎ》やかな女房たちは苦手です」

「合わなそうだもんね。それはわかるよ。でも少しずつでも言わなきゃ」

紫式部がむっとした顔になった。

「それが言えたら苦労しません。あなたとは違うんです。それに——」

「それに？」

「そういう若い、華やかな女房たちは、殿方には受けもいいですし」

「ふーん。道長とかその周りの取り巻きたちが評価するから黙ってるって？」

「…………」

女房が若くて華やかでも別に構わない。女は優美だし、美しくあろうとする努力もよいと思う。けれども、それが自らの心の赴くままではなく、誰かの——特に男どもの物差しでの美しさであれば、それはお仕着せだ。その若く華やかな女房とやらに『源氏物語』が書けるものか。

紫式部は紫式部として凜然《りんぜん》と咲き誇るべきなのだ、と清少納言は思っている。

「他人の目を気にするなんて。『幻《まぼろし》』のときの紫ちゃんはすごくかっこよかったのに」

「…………」紫式部が沈黙した。

清少納言は苦笑する。長年の習い性は一朝一夕で変わるものではないか……。

「で。大切そうに抱えている紙のほうは何なのよ」

と彼女が指さすと、紫式部が眉間に皺を寄せた。

「これは……原稿です。書きかけの」

「なんで持ち歩いているのよ。また誰かに盗まれそうなの？」

先日、道長が権力と立場と情実を公私混同させて、まだ世に出ていない『源氏物語』の原稿に手を出すという暴挙を犯し、これを撃退した清少納言だ。もし、同じようなことがあれば、何度でも叩《たた》き潰してやろうと思っている。

「盗まれる、まではいきませんが、私がいないときに覗かれるかもなと思って……」

清少納言がくせっ毛をくるくるした。

「あんたも大変ね。でも、私が中宮さまを大切に思うように、あんたも女御さまが大切なんだろうから我慢するしかないか……」

紫式部が少し垂れた髪を耳にかける。

「飛香舎は平和です。ただ」

「ただ？」

「最近妙な噂《うわさ》を聞くのです。後涼殿のどこかに何ものかが潜んでいるようだ、と」

彼女の目が若干揺れた。怖いのだろうか。

「怖いの？」

「こ、怖くなんか……っ」

ちょっと楽しくなってきた。

「そういえば私も昔、聞いたことがあるわ。後涼殿には悪鬼が住んでいると」

清少納言が低い声でそう言うと、紫式部は柳眉を逆立《さかだ》てた。

「何をくだらないこと言っているのですか」

「…………」

沈黙し、じっと彼女を見つめる清少納言。

「ち、違いますよね？　——違うって言ってください」

半分泣きそうな表情になった彼女の頭の上を、清少納言が指さす。

「あ」

「ひっ」と紫式部が飛び上がった。

「蜘蛛《くも》の巣《す》が残ってる。あとで掃除しないと……って、どうして腰を抜かしてるの？　紫ちゃん」

「せーいーしょーうーなーごーんー……っ」

清少納言がひらひらと手を振った。

「私、あんたよりあとに出仕したのよ？　あんたが知らない昔の宮中の噂なんて知らないし」

「命婦のおとど、どこですかー」という馬の命婦の声が遠くから聞こえる。何とも間の抜ける空気だった。またあの猫が逃げ出したらしい……。

ちょっとした言葉のあやのつもりだったのだが、思いのほか、紫式部の心に傷を与えてしまったようだ。

「…………」

「鬼か蛇か。それこそ陰陽師の仕事じゃないの？　入念に祓ってもらいなさい」

「いまはみなさまお忙しそうですから。その代わり、大祓は入念にします。あなたは怖くないのですか……って、これは愚問でしたね」

「道長の生霊とかだったら蹴飛ばしてやる。ふふ。後涼殿のあやしのものとは、いとをかし」

「おしゃべりが過ぎました。備前のおもとどのはどちらですか」

「あ、私が案内します」と弁の将。「よかったら、その紙はこちらで預かっておきましょうか。ちょうどここに文机もありますし」

「文机って、清少納言の文机ですよね？」と紫式部が微妙な表情をした。

「別に盗みも盗み見もしないわよ。私はちゃんと出てから読む派」

じゃあ、とまだ何かを疑う眼差しで紫式部が『源氏物語』の書きかけの原稿を、清少納言の文机に置く。

そのときだった。

局に入り込む小さな影。猫だった。首に付けた小さな鈴の音が聞こえたように思う。その猫は三人に何らの警戒心も抱かせずにするすると歩を運ぶと、一瞬、身をかがめた。

次の瞬間――。

「あっ！」

「えっ？」

「どうしました？」

鈴の音と共に、猫が紫式部の文机に飛び乗ったのだ。

「原稿が」と紫式部が言っている間に、猫は彼女の書いた文字の上を歩き回る。

「これ、命婦のおとど!?」

「ええ!?　主上の猫!?」

その間に命婦のおとどは硯《すずり》に前足をつけてしまって、慌てて逃げ出した。紫式部の原稿の上を走り回る。墨をこすりつけながらだ。

「ああっ」

紫式部が悲鳴を上げる。命婦のおとどは何枚もの原稿に前足をこすりつけ、すっかり墨を落としたようだが、代わりに紫式部のここ何刻か、あるいは何日かの努力が文字通り反故《ほご》になってしまった。

床に手をつき、がっくりとうなだれる紫式部。弁の将が、「こりゃ。ダメじゃないか、命婦のおとどちゃんめ」と叱っている。

命婦のおとどは前足で顔を洗いながら、にゃあと鳴いていた。

「大切な原稿が台無し……。つらいでしょうけど、主上の猫となればここは我慢するしか——」

と清少納言が紫式部の頭を撫でる。同じ物書きとして、自分が書いたものをめちゃくちゃにされる痛みはわかるつもりだ。けれども、相手は猫。しかも主上の猫ときたものだ。

それにしても、先日の振幡といい、紫式部の原稿といい、いたずら好きな猫だなと、清少納言があきれたときだった。

「もうやだ……」低い声が聞こえてきた。「道長さまも、主上の猫も。なんでみんな私の原稿をめちゃくちゃにするの？　私が何をしたって言うの？」

目に涙をためた紫式部がゆらりと立ち上がった。

「む、紫ちゃん？」

「猫なんて大っ嫌いっ」と紫式部が目をつり上げ、命婦のおとどに手を伸ばす。

危険を察知した命婦のおとどは、彼女の手をするりと抜けて清少納言の背後に隠れた。

「紫ちゃん、落ち着いて！　主上の猫に手を上げるのはマズいって！」

「私の苦労も何も知らないで……世間はみんな私に冷たいのよっ」

「やめなさいって！」

正気を失っている紫式部を、清少納言が必死に押さえようとする。弁の将も手伝っていた。命婦のおとどは三人を興味なさげに見上げ、小さくあくびした。

「離してっ」

「相手はかわいい猫じゃない！　山川草木悉有仏性《さんせんそうもくしつうぶっしょう》。ありとしあらゆるものは御仏の慈悲の現れでしょ」

清少納言が理性的説得を試みている間に、命婦のおとどは別の方向へ興味を向けていた。

「あ、そっち行っちゃダメだよ～」と弁の将の声。

見れば、命婦のおとどが隣の局に入り込もうとしていた。

清少納言の頭から血の気が引く。

「中宮さまの品がたくさんあるのに」

慌てて隣の局に入ると、命婦のおとどが立ち上がるような姿勢になって、片付けてある几帳のひとつに前足の爪《つめ》を引っかけていた。丁寧な作りの几帳だ。

清少納言は一瞬、わが目を疑った。「中宮さまのお気に入りの几帳に――」と弁の将が息をのんでいる。目の前の出来事が現実だとわかると、清少納言は猫のような自分の目をつり上げて命婦のおとどに飛びかかった。

「こら！　このばか猫！」

命婦のおとどはすんでのところで彼女の鷲《わし》づかみの手から逃れる。

遅れて局に入った紫式部が引きつった。「ば、ばか猫……？」

清少納言は十二単《じゅうにひとえ》の重さをものともせず身を翻《ひるがえ》し、命婦のおとどを追う。

「おのれ、猫め。畏れ多くも中宮さまの几帳に爪を立てるなど、万死に値するっ」

「待ちなさい、清少納言」と紫式部が声を張った。「あなた、自分が何をしようとしてるか、わかってるの？」

「因果応報《いんがおうほう》。罪には罰を」

「主上の猫に何するつもり!?」

紫式部が真っ青な顔になる。羽交《はが》い締《じ》めするように清少納言につかみかかった。先ほどまでと立場が逆転している。

「どきなさい、紫」

「ダメですっ。どいたら命婦のおとどを絶対傷つけるでしょう!?」

「ついでに紫の原稿の恨みも晴らしてやるんだから」

「そんな『ついで』はいりませんっ」

命婦のおとどは局の中の調度品に次々と飛び移り、ひっくり返したり落としたりしていた。すべて定子の持ち物ばかりだ。

とうとう清少納言は棒雑巾《ぼうぞうきん》を取り出して、振りかぶった。

「『命婦』だろうが『おとど』だろうが、中宮さまのほうが上なのよ」

「だからやめてっ」

その間に命婦のおとどは再び先ほどの几帳に戻り、また爪を立てている。気に入ってしまったようだった。

「そこへ直れ、猫ッ。ひと思いに楽にしてやる」

「猫は化けますから！」

「御霊会は出してやる！」

ふたりが騒いでいると、簀子を急ぐ足音がする。

命婦のおとどの世話役である馬の命婦だった。

「申し訳ございません‼」

彼女が叫ぶようにして入ってくると、命婦のおとどは素知らぬ顔をして彼女目がけて小走りになる。馬の命婦が猫をくるりと抱き上げ、何度も頭を下げていた。その後ろから弁の将がひょっこりと顔を覗かせる。これがいちばん手っ取り早い解決策ですよ、と弁の将が清少納言たちに笑いかけた。

清少納言は振り上げていた棒雑巾をおろした。

命婦のおとどはわずかな隙を突いて首紐から逃れたらしい。

馬の命婦が猫を連れて行ってしまうと、あとには荒れた局と紫式部の原稿だったものだけが残されていた。

清少納言はがっくりと首を垂れてため息をついた。

「はあ〜……。どうするの、これ」

「片付けるしかないでしょう。勝手にきれいになるわけもないのだから」

紫式部がひっくり返った唐櫛笥《からくしげ》を元に戻しながら答える。

「中宮さまのところへは、馬の命婦さまから事情を説明してくださるそうです」

と弁の将が手を動かしながら報告した。壊してしまった物は可能な限り新しい物と交換してくれるらしい。

「ま、主上の猫だものね。そのくらいはしてくれるんでしょうけど……」

清少納言の目に、隣の局の反故が見えた。その視線を感じたのか紫式部がぐしゃぐしゃの原稿を手に取る。

「まったく読めないというわけではありません。これをもとにもう一度書き直します」

と、紫式部は淡々とあとかたづけをしていた。

「やっぱりあの猫、しつけがなっていないのよ。私がしつけてやる」

「あなたのしつけは暴行の別名ではないのですか」

「失礼な。あんたの原稿のためにも戦おうとしてるのに」

「だから、そんなことは頼んでいません」

紫式部は一枚一枚状態を見極めながら、丁寧に重ねている。清少納言は不承不承という顔を作ってみせた。紫式部は反応しない。仕方ないので清少納言は清少納言で定子の持ち物を直し、被害状況を克明にし、取り替えの手はずを弁の将に命じていた。

「でも、ありがとう。……ついでで何でも、私の原稿のために怒ってくれて」

「ちゃんと感謝する心があったのは褒めてあげるわ」

紫式部がややかちんとなっている。どっちも素直じゃないんだから、と弁の将がごちっていた。

「だいたい、猫に命婦なんてつけているのがおかしいのよ」

「並の猫ならその通りです。けれども主上の猫となれば話は別」

と紫式部が原稿をきちんと文箱《ふばこ》にしまう。

「どう別なのよ」

「主上のおそばに付き、その尊顔を拝せるのは一定の位がないとできないからに決まってます」

「はっ。ばかばかしい」と清少納言が鼻を鳴らす。「猫の側じゃ、肩書きなんて意味わからないっていうのよ」

「そうかもしれないけれども、そういう決まりを作らなければ主上のところに誰でも近づけることになってしまうでしょ?」

「それは人間の場合よ。人間ならそういう線引きがないと、ちょっと主上の顔を見てみたいなんていう無礼者が出るかもしれないのはわかるけど、犬猫にそんな規範を押しつけるなんて愚かしいじゃない」

「………」

紫式部が黙ってしまった。人間の決まり事をそのまま動物に適用する矛盾について、同感だと思ったのだろう。

「そうしてみると、人間のほうが犬猫よりばかなのかしら」

「清少納言」と紫式部がとがめた。

「規範がなければそんなばかをやりかねないのなら、そうでしょ？　それにしても主上もおかわいそうなこと。気に入った猫を撫でるにも位がいるだなんて」

その位を授けるのにはたぶん、藤原摂関家《せっかんけ》をはじめとした公卿《くぎょう》たちの意見が少なからず関《かか》わってくる。もしその猫を現在の非主流派貴族が連れてきたのだとしたら、猫に対しての位の授与が阻《はば》まれ、主上は猫を撫でることさえできないかもしれなかった。

「あまり畏れ多いことを言うものではないわよ、清少納言」

「そうですよ。位で言えば命婦のおとどのほうが私たちより上です。これからどんな裁定になるかもわからないのに」

と弁の将が顔を曇らせる。馬の命婦は弁償を約束してくれたが、あくまでも彼女の一存。そこに別の思惑が入り込んだら、「弁償？　はて何のことかな？」と手のひらを返されるかもしれない、と弁の将は極めて現実的な思案をしているのだった。

清少納言はにやりとする。

「妙な裁定をしてご覧。返り討ちにしてやる」

「……清少納言なら、まあそうでしょうね」

自分のものではなく定子の所有物が傷つけられたのだ。中宮定子付きの女房としてとことん攻め込んでやるつもりだった。

「犬猫が嫌いなわけではないけど、そんなばかな道理が通っては、犬猫の命のために人間さまの命のほうを犠牲にするような時代が来てしまうかもしれないよ？」

そんなこと、と紫式部は笑い飛ばそうとして、途中でやめる。男たちが蹴鞠《けまり》に興じる声が聞こえた。清少納言は険しい顔のまま、その声のするほうをぼんやり眺めている……。

翌日、清少納言と弁の将は、かの猫が破損してくれた几帳の布をごみとして処分するために運んでいた。内侍司《ないしのつかさ》が破損状況を確認し、命婦のおとどが定子の持ち物と紫式部の原稿を毀《こぼ》ちた件について、弁償できるものは弁償してもらえる手はずになったからだった。

正式な通知を受けて清少納言は、「ま、当然よね」と言ったが、実際にはもう少しややこしかったのだ。弁の将の危惧《きぐ》したように、「畏れ多くも主上の猫を追いかけ回したから、そのようなことになったのではないか」という意見が内大臣《ないだいじん》だか大納言《だいなごん》だかあたりから出たとか。

「へえ～。内大臣さま、大納言さまあたりねえ」

と清少納言がゆらりと首を動かした。猫のような目が楽しげに細められる。視線の先には清涼殿。格子も蔀《しとみ》も柱も突き抜けて、清涼殿にいる内大臣たちをねめつけている。

弁の将が慌てて付け加えた。

「でもでも。それ、沙汰《さた》止《や》みになったんですから！」

「当然よ」と腕を組む清少納言。弁の将はため息をつきながら耳打ちした。

「裏情報ですけど、藤原道長さまがそれらの方たちを説得したとか」

すると彼女は、道の真ん中にミミズでも見つけたような顔になる。

「道長ぁ？　どうしてそこで道長？」

少しは前非《ぜんぴ》を悔《く》い改《あらた》め、真人間になる決意をしたのだろうか。

「ほら、今回の被害には『源氏物語』の新しい原稿が入っていましたでしょ？」

ああ、と清少納言は首肯した。ちょっと危ないくらいに『源氏物語』を愛している道長が怒りを爆発させたのだろう。その状況を見てみたかった。

「ちっ。道長め、余計な手出しを。せっかく大納言を粉砕してやる好機だったのに」

「台詞がまるで悪役ですよ、清少納言」

と弁の将がたしなめると、清少納言は頰を膨らませる。

暑いのでなるべく日陰《ひかげ》を歩けるように簀子を行き来して、掃司《そうし》のところへ向かっていた。

後宮で出た大きなごみは掃司で処分する。掃司も女官だった。内裏全体でのごみを廃棄する役人は別途いるが、後宮特有の細々したものの回収や清掃には女官が携わったほうが何かと都合がいいからだ。

掃司は後宮の設備管理も行った。ただし、これは女官だけでできる範囲は限られていて、男の役人である掃部寮《かもんりょう》と力を合わせる。男と接する機会の多い部署のひとつだった。

清少納言と弁の将が掃司へ顔を出すと、中にいた者たちのうち背の高い少女、丹波がそれと気づいて笑顔を見せる。

「珍しい。清少納言さま、弁の将さま。どうなさいましたか」

桃色の肌をした娘だった。目は輝き、若さがあふれている。丹波の笑顔には混じりけのない清少納言への親しみと敬意が込められていた。丹波は出仕直後に後宮でいじめられていたのを、清少納言が助けてあげた縁がある。以来、彼女は清少納言がどのような暴《あば》れっぷりを見せても変わらぬ信頼を寄せていた。

「どうもこうもないわ。今日は何かおもしろい話でもないかと思ってきたわけではなくて、命婦のおとどちゃんが中宮さまのお気に入りの几帳をやってくれちゃったのよ」

「ああ——尚掃《かにもりのかみ》さまから聞いてます。大変でしたね」

清少納言は猫のように軽くつり上がった目をかすかに細める。いつもの丹波なら——他の人に対してはどうか知らないが——清少納言が相手なら先回りして用件を口にするものだった。それに一瞬言《い》い淀《よど》んだような間。気持ちが別のところにあるようだった。

丹波は明るい。元気で手も口もよく動く。だからこそ、普段との微妙な違いが出てしまったようだ。その丹波は破れた几帳の布を受け取り、爪痕《つめあと》に指を滑《すべ》らせている。こうなると、上の空を通り越して清少納言からあえて目をそらしているようにも見えた。

「一応、お取り替えということで、こちらを持ってきたのですが」

と弁の将が如才なく告げた。丹波の他に何人かの掃司の女官が覗き込む。

「これはたしかにひどいですね。中宮さまの几帳には使えない……」

「でしょ?」と清少納言が念押ししながら、丹波の目を見た。

丹波が頬を引きつらせるような苦笑いをする。

「命婦のおとどさまはやんちゃでございますから。先日も、藤原道長さまが女御さまの入内《じゅだい》の折に作った屏風をずたずたにされて」

丹波はいつもの彼女に戻ったふうだった。それよりも「屏風」だ。

「それって、歌が書かれた屏風？　有名貴族どころか花山法皇まで御製を作られたけど、藤原実資《さねすけ》さまだけが『一大臣の命で歌を詠むなど前例なし』と突っぱねたっていう？」

「そうです。その屏風です」

これにはさすがの清少納言も弁の将と顔を見合わせた。

ちなみに、清少納言が触れた藤原実資とは藤原家の中でも小野宮流《おののみやりゅう》と呼ばれる流れの人物で、内裏での出来事を日記に記すことで貴族社会の有職故実《ゆうそくこじつ》を伝える日記の家の者だった。先の一事から察せられるように誇り高い人物であり、それゆえに彼の書いた『小右記《しょうゆうき》』はこの時代の貴族としてのあるべき姿が克明に記されている。

「その屏風はどうなったの？」

「幸い、ひどく傷んだのは一部だけだったので、そこだけ作り直したそうですよ」

すると弁の将が清少納言の耳元でささやいた。

「今回、道長さまが大納言さまたちを説得したのには、ご自分も命婦のおとどの被害に遭っていたからかもしれませんね」

「そうねぇ……」と清少納言が難しい顔で腕を組む。いつもなら「道長、いい気味だわ」くらい言いそうなものだが。

「ちなみに修復の折にも実資さまは歌を詠まなかったそうですよ」と丹波。

「そりゃそうでしょう。そうしなければ一貫しないもの。――っていうか、道長はまた実資さまに頼んだの？」

「そうらしいです」

「しつこいやつだ」

丹波と弁の将が吹き出し、そばで聞いていた別の女官は目をむく。「あ、お気になさらずに」と弁の将が笑顔で場を取り繕った。

清少納言を自派に取り込むべく道長はしつこく策を弄《ろう》しているが、屏風の歌のやりとりを見ればまだまだやみそうにない……。

「道長といい実資さまといい、男たちはお忙しいようで」

「あら。道長さまに敵対するような位置にいる実資さまは、清少納言にとっては応援の対象ではないのですか」

「敵の敵は味方？　ふふ。弁の将も『孫子《そんし》』みたいなことを言うのね。でもね、狙うなら二虎競食《にこきょうしょく》の計よ」

「何ですか、それ」

「二匹の虎《とら》が競い合い食い合うように敵と敵をぶつける――共倒れしてしまえってこと」

弁の将と丹波が顔を見合う。他の女官たちはもはや恐ろしくて聞こえないふりを決め込んでいた。

「あのぉ。どっちも倒れてしまったら内裏《だいり》が立ちゆかないのでは」

「そんなことないよ。唯一のお方と思われる主上だって代わることはあるのだから。本当の意味で唯一無二は釈迦大如来《しゃかだいにょらい》ただおひとり。それに私、一般的な話をしただけで、道長と実資さまを対決させようなんて一言も言ってないし」

「ふふ。さすが清少納言。うまいことを言いますね」

清少納言としてはくだらない男社会の物差しで後宮を、女のあり方をあれこれ押さえ込みさえしなければ、権力闘争も権謀術数もご勝手にどうぞという気持ちだ。ただ、現状、道長のほうがけんか友達として「いとをかし」なのも事実だった。

「さて、あまりおしゃべりしていてもいけないし。そろそろ戻るけど」と清少納言が話題を戻す。「この布をそのまま捨ててしまうのももったいないよね」

「そうですね。とても上等の絹ですし、何かに使えそうですね」

本来ならそのまま廃棄なのだが、定子の几帳だっただけあって質のいい絹でできている。

「廃棄の手続きをしたことにして、ここにいる人でほしい人に分けようか」

「えっ⁉」と弁の将が驚きの声を上げた。

聞こえないふりをしていた女官たちも思わず振り向く。

「ただし、中宮さまの几帳だったことは他言無用。それとここではさみを入れて分ける。この二点の条件でどうかしら」

「そんなこと、していいんですか？」

との弁の将の危惧は、丹波たちの代弁だった。清少納言は軽く首を傾ける。

「もともと中宮さまの几帳の布なんてなかった。命婦のおとどちゃんがめちゃくちゃにしてくれちゃったのよ」

それでも何かあったら私のせいにすればいいのよ、と髪をいじった。清少納言の独断だが、仮にバレても定子は気にしないだろうと言えるくらいの関係である。周囲の古女房どもが騒ぐかもしれないが、そのとき考えればいい。

「あ、私は……」と丹波が小さく手をあげた。

「いいわよ。遠慮しなくて」

「あまり長くここにいると、次の仕事が……」

「大丈夫よ。すぐ終わる」

「そういえば、ダメになった布と言えば……最近、ごみが減ることがあるんですよね」

と女官のひとりが苦笑いしていた。

清少納言がその一言に反応する。「ごみが減る？　食べ物のごみでもあさってる人がいるの？」

「いいえ。なくなっているのは食べ物のごみではありません。後宮にいる猫や犬たちがあさったようでもないですし」

「あいつら、一応、首紐でつながれてるからね。命婦のおとどみたいに脱走するやつもいるみたいだけど」

「命婦のおとどは不思議とごみはあさらないのです。ごみは増やしますけど……」

どこでも悪さをしてくれているようだ。

「ところで、何がなくなっているの？」

「大きめの布とか衾《ふすま》とかです」

「ふーん。どこかに売っているのかしら」

「上等なものばかりではなく、手当たり次第になくなっていたときもありましたから、そういうわけでもなさそうです」

「やっぱり、噂は本当なのよ。後涼殿にあやしのものが潜んでいるっていう」

と別の女官が口を挟むと、女官ふたりは青くなって悲鳴じみた声をあげた。

「なるほど。をかし、をかし。そう思わない？　丹波」

と清少納言が話を振ると、丹波はびっくりした顔になったがすぐに笑顔に変わった。

「あ、え、ああ。そうですね。おもしろいかもしれません」

とにかく、反故になるはずだった几帳の布は掃司にいた五人の女官に分けられた。このなかには丹波も含まれている。清少納言は公正な分配をするために目を光らせるふりをしながら、丹波たちを観察していた。

「ありがとうございました。それでは私はこれで――」と丹波が席を立とうとする。

「ねえ、丹波。仕事が終わったら私の局に遊びに来なさいな」

清少納言が声をかけると、他の女官たちが丹波に視線を投げかける。周りの視線が恥ずかしいのか、丹波が小さくうつむいた。

「ありがとうございます。ですが今日は、ちょっと……」

すると、清少納言はにっこり笑った。

「わかった。じゃあ、また今度ね」

弁の将と簀子を歩く。その間、彼女はずっと黙っていた。

登華殿に入って、とうとう弁の将が声をかけてきた。

「何かあったんですか？　清少納言」

「丹波、何か隠している。私にすら秘密にしたい何かを」

「そういうこともあるんじゃないですか？」

「ええ。何もかも私に話さなくてもいいのよ。――誰にも言えないような悩みでなければ」

「つまり、あの子は何か悩み事を抱えていて、それが清少納言にも言えないような秘密だってことですか？」

「丹波は、私が中宮さまのために、をかしな話を集めているのを知っている。けれども、さっきごみが減っているという話を教えてくれたのは他の女官よ」

「あの子が教えないのが引っかかる、と？　例のあやしのものの噂が怖いのではないのですか？」

「だったらそれこそ他の女官たちと一緒に私に話せばいいのよ。怖い、って」

「清少納言は頼りになりますからね」

雨が甍《いらか》をたたく音がし始める。

「何でもなければいいのだけど、何でもないなら私に話しているだろうから」

「それって……」

「布や衾を手当たり次第……犬猫には多すぎる」

「となると――」

「ふふ。丹波らしからぬ危ない秘密かもね。この謎《なぞ》――いとをかし」

自分の局に戻ると、清少納言はお気に入りの女童であるみるこを呼び出し、あることを言づけるのだった。

数日後の昼過ぎにみるこが清少納言のところへやってきた。

「清少納言さま」と言ったみるこの表情を見て、清少納言はくせっ毛をくるくるしながらにっこり微笑む。彼女は十分によい働きをしてくれたようだ。

清少納言は用意してあった唐菓子《とうがし》をみるこに渡しながら、

「みるこ、ご苦労さま。いまは紫式部はいないから、ここで話して頂戴」

「唐菓子なんて……ありがとうございます」

汗をいっぱいかいているみるこに、弁の将が扇で風を送っている。

「それで、どうだった？」

「はい。清少納言さまのおっしゃる通りでした」

「丹波はやっぱり何かを隠していたのですか」と弁の将。

少し答えに窮したようなみるこを安心させるように、清少納言も唐菓子をかじった。

「犬猫ではない『何か』ね？」

はい、とみるこが頷くと、弁の将が悲鳴を上げそうになって慌てて自分の口を押さえる。

「丹波さまは、後涼殿の端《はし》の軒下で何かのお世話をしていらっしゃいます」

「根拠は？」

「あれから毎日、夕食が終わってから掃除をなさる振りをして後涼殿へ近づき、頓食《とんじき》のようなものを軒下に入れていました。ただ、犬猫が食べるものではありません」

頓食とは蒸《む》した糯米《もちごめ》を握り固めたもので、宴会の折に下仕えの者たちに振る舞われた食べ物だ。鳥の卵に似ているから「鳥の子」とも呼ばれ、『源氏物語』にも登場する。「ようなもの」ということだから、蒸した糯米ではなく強飯《こわいい》を強引に握り固めたのかもしれない。

みるこの報告を聞きながら、清少納言はずっと髪をくるくるいじっていた。話が進むにつれて笑みが薄れていく。彼女が真剣に耳を傾けているため、みるこは唐菓子を手にしたままで一生懸命話し続けていた。

「かくまっているものの姿は見えた？」

「見えませんでした」

清少納言は衵扇を軽く開いて口元に当てる。

「いま噂になっている、後涼殿に潜むあやしのものの正体はそれね」

「つまり、鬼か蛇か羅刹《らせつ》か修羅か、あやしのものが本当にいるということ……？」

弁の将とみるこの顔が青かった。清少納言は黙って笑っている。

「なるほどね。……ああ、ごめんなさい。唐菓子、ちゃんと食べてね」

「あ、はい。ありがとうございます……」

みるこが唐菓子をはじめは黙々と、途中からはおいしそうに食べ始めた。今日は曇りだが、どこか暖かい。どんよりした、気持ちのよくない空模様だ。空気に水気を含んだような匂いがした。夕方あたり、一雨来るかもしれない。

「問題はそれが何なのか。それと丹波がなぜそんなことをしたのか」

「清少納言。これはどうしたら？　丹波、あやしのものに引き込まれたりしないでしょうか」

と弁の将が眉根を寄せていた。

すると、清少納言はお気に入りの女童のつややかな髪を撫でながら、

「それを食べたらもうひと仕事、頼めるかしら」

「はい。もちろんです」

生真面目に頷くみるこに、清少納言は紫式部を呼んでくるようにお願いした。


その日の夜。

夕方から日没まで激しい雨と雷が都を襲い、雷を嫌う貴族や女房たちは殿舎の奥に固まり、震えていた。彼らが臆病《おくびょう》だからではない。激しく大地を穿《うが》つ雷は御霊の、特に怨霊となった菅原道真《すがわらのみちざね》の怒りだと考えられていたからだった。いまから九十年以上まえのこと、菅原道真は政敵の藤原時平《ときひら》の讒言《ざんげん》によって都を追われ、九州は大宰府《だざいふ》の地に左遷され、客死した。以後、政敵側の人間が病《やまい》に倒れたり、内裏に落雷による火災が起きたりと、災厄が続いたのである。

菅原道真が真《まこと》に怨霊となったかどうかは、同時代人ではない清少納言にははっきりとは

わからない。けれども、「怨霊」という言葉が怨《うら》みを抱いている御霊を指すのだとしたら、道真が讒言の通りの悪人であればむしろ使われない言葉であるはずだった。その場合は道真は怨霊ではなく、悪鬼と称されるべきではないか。藤原氏の者たちは、道真を怨霊と称したせいで、逆に自らで道真の潔白を証言していると清少納言は思っていた。

余談だが、雷除《かみなりよ》けに貴族たちがしきりに口にする「くわばら、くわばら」は、道真の荘園《しょうえん》だった桑原には落雷の被害がなかったことに由来する。

ともあれ、雷は貴族たちに恐れられていた。

「雷って本当にイヤ」

人気《ひとけ》の少ない簀子を静かに歩きながら清少納言が苦々しくつぶやく。目立たないようにしているので、衵扇で口元を覆い、声はいつもより小さくしていた。

天が光るたびに肩を震わせ、雷鳴が轟《とどろ》くたびに耳を押さえてしゃがみ込む。

彼女の背後で、同じく衵扇で口元を隠している紫式部が怪訝な顔をした。

「こういうの、鬼の霍乱《かくらん》って言うんでしたっけ？」

「むらさきぃぃ」

「雷はもともと神鳴り。人間を超えた力なのですから怖く思えて当然。私も怖いんですよ？　でも、清少納言が何倍も怖がってくれるのでこちらは怖くないというか」

「神罰に狙《ねら》い撃《う》ちされるほど悪いことしていないつもりだし、ましてや菅原道真公の怨霊さんに恨まれる覚えもない。けど、人間、怖いものは怖い」

「あなたにもここまで苦手なものがあって、ちょっと安心しました」

「どうせ人間、いつかは死ぬのだから、怖がって衾をかぶっている時間なんてもったいないってわかってはいるのよ。もう雷はほとんど止《や》んでるのだし。——紫こそ、怖いからってひっつきすぎ」

「ひっついてなんていません。ひっついてるのはあなたのほうです。——まったくなんでこんなときに歩き回らなければいけないのですか」

と紫式部が小声で抗議した。小さく震えているのがわかるので説得力はない。助手なのだから私が呼んだらいつでも来るものでしょ、と清少納言は叱責する。

「誰も出歩かないときが狙い目なんだから。それに時間もないし」

と清少納言は自分を励《はげ》ましていた。

「まったく……。事情もろくに説明されずに付き合っているのですから、少しは感謝してくださいな」

と紫式部が皮肉めいた言葉を口にする。

「清少納言の場合は、藤原道隆さまの子の中宮さまにお仕えしてますけど、同じ藤原氏の道長さまとは敵対関係。相殺し合って道真公からは狙われなさそうなのは当たってるかもしれませんね」

二人を先導している弁の将が真面目くさって分析した。彼女はするすると歩いている。遠くでかすかに雷鳴がした。夕立の名残《なごり》だ。小さな悲鳴を上げて、紫式部が清少納言の衣裳《いしょう》をひっぱった。

「紫?」

「ち、違います。これは——そう、主上の身を案じていて」

紫式部の様子に、弁の将が含み笑いをしている。

「主上は後宮の北西の襲芳舎《しほうしゃ》——雷鳴のときに主上が臨御《りんぎょ》するから雷鳴の壺《つぼ》とも称するところにおわします。いま私たちがいるのは弘徽殿を越えて清涼殿。——弁の将、止まって」

と清少納言が小さくも鋭く命じた。弁の将が歩を止め、身体をかすかにかがめる。彼女の後ろの清少納言が軽く髪をいじりながら、後涼殿の方に目を凝らした。

「どうしたんですの?」と紫式部。震えている。

「いる」

日暮れの刻限であたりは暗くなっているが、夕立のあとの雲のせいで仄明《ほのあか》るい。そのなかで、誰かが後涼殿の簀子を歩いているのが見えた。手には棒雑巾を持っている。背が高い、女房装束の人物だった。

丹波である。

しばらく簀子を静かに歩いていた彼女が立ち止まった。清少納言たちは柱の陰《かげ》に身を寄せ、様子を窺《うかが》う。夕立のあとだし暗くなってきているので、あまり周りに気を遣っていないようだった。周囲よりも気になることがあるようだ。

その人物は袂《たもと》から何かしらの包みを取り出し、簀子から地面に降りた。雷雨のおかげで泥になっているのも気にしていないようだった。彼女が身をかがめて後涼殿の軒下を覗いている……。

「はい。止まって。丹波」

そう声をかけながら、清少納言が弁の将を抜き、足音を立てずに忍び寄った。

ぎょっとした表情で丹波が立ち尽くしている。

「せ、清少納言さま……」

後涼殿の簀子で腰に手を当てた清少納言が、丹波を見下ろした。

「仕事熱心ね。夕立も去って日が暮れて。ごはんを済ませた頃ではないのかしら」

「これは……あの、夕立で濡《ぬ》れた簀子を棒雑巾で拭《ふ》いておこうと……」

「立派ね。でも、あなたがこの時刻にこのあたりにいるのは今日に限ったことではないようだけど?」

「え? まさか丹波があやしのものの正体……?」と紫式部が目を見張っている。

いつもは快活な丹波がうつむき、押し黙っていた。

「さ、そんなところにずっと立っていたら、身体が冷えてしまうでしょ。こちらに戻っていらっしゃい」

「……どこまで、ご存じなのですか」

するると清少納言は祖扇を持っていないほうの手で、いつものように髪をいじる。

「紫式部はほとんど何も知らない、助手だからついてきただけでまだ何も話していないからね。でも——私は少し気づいてる」

「気づいている……ということは、ほとんど全貌《ぜんぼう》を摑んでいらっしゃるのですね。私が掃司でいじめられていたのを、わずかな雰囲気と言葉のやりとりで見抜かれたように」

まあね、と彼女は小さく微笑んだ。

「先日、破れた几帳を処分に行ったとき、あなたはどこか上の空だった。もしまたいじめられているのなら、私に話すでしょ？」

「……そうですね。もし、私が清少納言さまに話せないほどの状況だったら、それこそあなたは絶対に見逃さない」

「ええ。私は守ると決めたら、地の果て海の底まで守るつもりよ」

清少納言が猫のような目でじっと見つめる。ふと丹波の目尻《めじり》に透明なものが膨らんだ。

「清少納言さま……」

「だから、話して頂戴。あなたが何を悩み、誰をかくまっているのか」

弁の将と紫式部が眉根を寄せる。

「誰かをかくまっている？」

「あやしのもの——鬼とか蛇とかそういう類《たぐ》いではないのですか」

丹波の目が大きく見開かれていた。

「ああ、やはり——」

「相手は、男の人ね？」

丹波が無言で頷いた。

「男の方を、かくまっている……？」

なぜそこまでわかったのかと紫式部の目が問うている。

場所よ、と清少納言が笑う。女であれば後宮にかくまうほうがいいだろう。丹波だって後宮内に留まったほうが疑われないだろうし、いざとなったら後宮の局に押し込んでしまえば人の目をごまかせる。それをせず、後涼殿という男も出入りする場所に留め置いているのは、彼女がかくまっているのが男だと雄弁に物語っていると考えたのだ。

「これがいま噂の『あやしのもの』の正体」

「そうだったの——」と紫式部は相槌《あいづち》を打ったが、弁の将と顔を見合わせている。

話は解決するどころか新しい問題が生じていた。誰にも内緒でかくまわなければいけない男とは、まったく穏《おだ》やかではない……。

「丹波。あなたが私に隠さなければいけないとなれば、内容は限られる。それも、中宮さまの几帳の布でも気持ちが晴れないほどの、あなたにとっては重大事」

「……はい」

むしろあのときの丹波の表情は硬いくらいだった。

「もうひとつ。あのとき、命婦のおとどの話をしたとき、丹波の頰が引きつるのがわかった。あの猫に関することであなたは悩んでいる」

「……左様でございます」

薄闇《うすやみ》のなか、それとわかるほどに丹波の顔色が白い。

すると、清少納言は簀子から身を翻した。ふわりと揚羽蝶《あげはちょう》が舞うように、濡れている地面に降り立つ。冷たい泥に足が濡れて汚れる不快感は無視して丹波に笑いかけた。あ、と弁の将と紫式部が声を上げ、丹波が目を丸くしている。

清少納言さま、と驚いている丹波の頭をぽんぽんと軽くたたくと、清少納言は袙扇を広げてから腰を曲げ、軒下を覗き込んだ。

「丹波が自分の食事を削ってここに運んできていたのは、ちゃんと調べてあるのよ。さ、出てきなさい」

しんと静まったなか、軒下で何者かが動く気配があった。弁の将が紫式部にしがみついている。

石を掴み、土を這《は》って出てきたのは着ているものがぼろぼろになった男だった。

後涼殿の局に、清少納言たちは丹波と男を連れて入り込んだ。外から見えないように格子を下ろす。弁の将に白湯《さゆ》を用意してもらうことにした。

男は烏帽子《えぼし》が折れて、髪もひげも伸び放題だったが、明かりのもとで見ると若い。丹波と同年代に見えた。疲労の色は隠せないが、目はしっかりしている。

「藤原経俊《つねとし》と申します。中宮さまにお仕えしている女房である中納言《ちゅうなごん》の甥《おい》で、藤原北家《ほっけ》小野宮流の傍流に当たる者です」

その名を聞いて、紫式部の目が鋭くなった。

背筋を伸ばして名乗る経俊に、つかず離れずのところで丹波が座っている。経俊が話しながらときどき咳払《せきばら》いをすると、そのたびに丹波が気遣《きづか》わしげにしていた。

「初めまして。私は清少納言。こちらの曇天《どんてん》のように地味めなのが紫式部」

紫式部がこちらをにらむ。清少納言なりに壮絶な格好の経俊を笑わせようとしたのだが、彼のほうは軽く微笑んだだけだった。

「お噂はかねがね伺っています」

「あら。よい噂？　悪い噂？」

「丹波からはよいお噂を。叔母からは……」と経俊が言葉を濁《にご》す。

「ふふ。だいたい予想がつくから答えなくてもいいよ」

と清少納言が言うと経俊がほっとした表情を見せた。「恐れ入ります」

思い出した、と清少納言が小さく手をたたいた。

「中宮さまが飼っていた犬の翁丸のもともとの飼い主の方ね？」

経俊と丹波の顔に恐怖の色がにじんだ。紫式部が息をのんでいる。

白湯が来た。温かな白い湯気を無精ひげに受けながら、経俊は穏やかな表情に戻っている。

「さすが、清少納言さまです」

と経俊が静かに肯定し、丹波はうつむく。横合いから口を挟んだのは紫式部だった。

「犬の翁丸といえば、しばらくまえに命婦のおとどを噛んで犬島に流された、あの――？」

そうよ、と清少納言は白湯をすする。紫式部はといえば、やや人見知りのきらいがあるが、いつも以上に言葉がぶつ切りで歯切れが悪かった。

「まあ、私が出仕するまえの話だから伝聞だけれども。犬も猫もどっちもやんちゃだったから、噛んだり引《ひ》っ掻《か》いたり大騒ぎ。けれども相手は主上の猫。噛みついた翁丸はあはれ都を追われて島流しに」

その流された先が犬島。犬だけがいる小さな島である。

「仄聞《そくぶん》だけど、もともと主上はそこまでされるつもりはなかったとも」

「おー、紫ちゃん。よく知っている。偉い偉い」

祖扇で顔を隠していない左手で紫式部の頭を撫でようとした。

「茶化《ちゃか》さないでください」

「茶化すに決まってるじゃない。犬猫のけんかに、大の男どもが雁首《がんくび》そろえて侃侃諤諤《かんかんがくがく》。その結論が犬の流刑よ?」

翁丸が主上を嚙んだとなれば流刑どころか死罪を賜っても文句は言えないだろう。しかし、犬と猫のけんかなのだ。翁丸が流刑となって、定子も、世話をしていた女房も、ひどく落胆した。

「そう言ってしまえばそうですが……」

と紫式部が曖昧《あいまい》に答える。

翁丸が命婦のおとどを嚙んで流刑になった。大事《おおごと》ではあるが、問題はさらにそのあとにあったのだ。

「犬猫のけんかなのに、『誰かが責任を取らなければいけない』という話になった。もちろん責任を取らされるのは翁丸に関する誰か」

「はい」

ところが、ここで問題がある。翁丸をかわいがっていたのは定子――主上の后のなかでももっとも高位の中宮だ。主上の猫が嚙まれたからといっても、中宮に責任を取らせるわけにはいかない。翁丸の世話役だった女房にしても処罰するのは憚《はばか》られた。

このような忖度《そんたく》は、後宮という別空間だから行われたのだが……。

「この出来事を、藤原一族の内部闘争に使おうと思った方が現れた」

と、清少納言が遠回しな言い方をする。経俊が「はい」と苦しげにかすかにうつむいた。

「それが道長。こういうことだけは頭がいい奴なんだから」

「……清少納言」と弁の将がたしなめる。たぶん形だけだと自分でもわかっているのだろうが、紫式部の手前、一応というところである。

「中宮さまを処罰できるわけがない。お世話役の女房も、翁丸を連れてきた中納言もダメとなったときに、道長は気づいた。もともとこの犬を飼っていたのは藤原経俊さま――同じ藤原北家だけれども味方ではない人物だった、と」

「翁丸の件から経俊さままでって、遠すぎですよね」

と弁の将が極めて正当な指摘をする。丹波の目に涙がたまり、頰が赤くなっていた。

「さすがに強引すぎると道長も思っていたのでしょうね。翁丸の流刑が済んで、みんなの記憶が薄れた頃に蔵人《くろうど》だった経俊さまをこっそり断罪した」

蔵人の身でありながら翁丸の暴挙を事前に防げなかったなどとし、周囲からも同じような論法で進退を追い詰めていった。

「いま清少納言さまのおっしゃった通り、私は罪を得て都から追放となりました」

無精ひげの奥の目が光っている。

「でも、それはあまりの仕打ちではないでしょうか」とうとう我慢しきれなくなった丹波が、声を潜めつつ鋭く言い放った。「律令では流罪以外の刑なら、刑期を終えれば地方出身の方の場合は故郷に戻れます。ところが、経俊さまのような都の出身の方の追放の場合、いくら年月が経とうとも、どこにも戻れないのです」

「丹波……」と清少納言がまだ若い娘の頰の涙を拭《ぬぐ》ってやる。

追放は律令に明記された刑罰ではないが、実質的な重罪として機能していた。ただ令外の扱いのため、都出身者を都以外の場所へ追放するのが眼目である。

「あなたの気持ちはわかります。けれども刑として決まってしまった以上は……」

と紫式部が言い淀んだ。清少納言が丹波の頰から指を離して、

「なるほど。あくまでも『罪人』として扱うべきだっていうのかしら」

経俊の名を聞いてから、ずっと紫式部がぎこちなかった理由はそこだった。

「扱うべき、ではなくて、実際に罪人として裁かれているのです。それこそ菅原道真公でさえ都には戻らなかった」

「ま、あれはちゃんと大宰府への異動命令もあったわけだけど」

「そういう揚げ足取りをしないでくださいっ」

紫式部が、いかにも聡《さと》そうな眉を持ち上げている。弁の将もどちらかといえば紫式部寄りの考えだと顔に書いてあった。

その間も、経俊の目は澄んだままである。

「要するに紫ちゃんとしては、丹波は都を追放になった罪人をかくまっていた、大罪人と考えているということでよろしいのかしら？」

「律令に照らしてしかるべく対処すべきだと考えます。経俊どのにも、丹波どのにも」

「いいえ。丹波には何の罪もありません」と経俊がきっぱりと言う。「彼女は私に脅されてこのようなことをしただけですから」

経俊さま、と腰を上げかけた丹波を、清少納言が静かに座らせる。

「ここまであなたの話を聞かずに進めてごめんなさいね。いろいろ聞きたいことはあるけれども、まずはこれね。——どうして禁を破って都に戻ってきたのかしら」

経俊は姿勢を正すと、改めて身をふたつに曲げた。

「このようなことになり、まことに申し訳ございませんでした。私は都から追放となった身。みなさまにお会いしてしまったのは不幸な行き違い。勝手ながら、みなさまがたに累が及ばないよう、今日ここで私に会ったことは忘れてください」

紫式部が小さく頷いたのを清少納言は見逃さなかったが、いまは見ないふりをする。

「それは先ほどの問いへの返答次第ね」

弁の将が小さく彼女の衣裳の裾《すそ》を引っ張っていたが、こちらも無視した。

「私がなぜ都に戻ってきたか、という問いでしたが……先日、祖父で養父の藤原宗信《むねのぶ》が病に倒れたのです」

「祖父で、養父……？」

「私が三歳のときに実父が亡くなったため、祖父が養子として引き取ってくれたのです」

養父が重篤だと経俊は追放先の播磨国《はりまのくに》で聞いた。いかなる前世の報《むく》いか自らの不徳か、家名をもり立てるどころか、追放の憂《う》き目《め》に遭った我が身が申し訳なく、気がつけば夜陰に紛《まぎ》れて養父の邸《やしき》へ向けて膝を回していた。

せめて一目、今世の別れを告げておきたい。

そのあとはこれ以上家の名を辱めないよう、再び追放先の播磨に戻ろう――。

だがその望みはかなわなかった。何とか邸へ戻ったときには、すでに養父は亡くなり、葬儀も終わっていたという。

「それは、残念でしたね……」

「はい。……実は戻ったときに聞いたのですが、私に恩赦の話があったとか」

「本当ですか」

「ええ。私が処罰されてしばらくして、道長さまのお子が女御さまとして入内されたときだそうです。けれども、どういういわれか、私は外されたようで……」経俊は自嘲するような表情になった。「その恩赦を受けていれば、間に合ったのですが」

「…………」

実父の死は幼《おさな》かったので覚えておらず、養父の死に目にも会えなかった。何という不孝な我が身だろうかと思い悩んでいるうちに、実母が養父と同じく病に倒れてしまった。心労がたたったのだろう。

「本来であれば、すぐにも播磨に戻るべきでした。しかし、母が病気で伏せっているのを捨て置くわけにもいかず……。母の看病をして咎《とが》められるならそれも仕方がないと肚《はら》をくって母のそばについていたのです」

「お母上はきっと心強かったでしょう」

と清少納言が言うと、経俊は年相応の若い笑みを浮かべた。

「はい。おかげさまでしばらくして床払《とこばら》いができるまでになりました」

「それはそれは」

「今度こそ私は邸を去ろうとしたのですが……お恥ずかしいことに、今度は私のほうに病がうつってしまいまして……」

邸を出る前夜からおかしいなとは思ったらしい。しかし、これ以上旅立ちを遅らせては周囲に迷惑がかかると無理を押して出たのだが、案の定、日の出の頃には熱が高くなっていた。

「熱を出して土塀にもたれて座り込んでいる経俊さまを、物忌《ものい》み明けで出仕してきた私が見つけたのです」と丹波が補足した。

「経俊さまと丹波は昔からの知り合い……って、これは聞くだけ野暮ね」

あの元気な丹波が経俊のそばでは、しおらしいひとりの娘になっている。

「気がつけば畏れ多くも後涼殿の軒下に、寝かされていて。ああ、幼なじみの丹波が運んでくれたんだな、とは思ったのですが」

「……丹波が運んだ？　ひとりで？」

清少納言がちらりと丹波を窺う。紫式部と弁の将も、驚きの表情で丹波に注目した。背が高くて活発だが、丹波は女の身。病身とはいえ男の経俊を運んできたのだろうか。

「えっと……何と申しますか——がんばりました」

一拍の間を置いて、弁の将が吹き出した。それにつられて清少納言も笑い出した。丹波は真っ赤になってうつむいている。

清少納言は目に涙を浮かべて笑っていた。

「あはは。さすが丹波。でも、そのおかげで一応、元気にはなった、と」

「はい……。ですが経俊さまはすっかり痩《や》せてしまって。播磨に戻る前にまた倒れてしまうのではないかと」

とはいうものの、満足に日の当たらない場所で食事も限られ、何よりもいつ誰に見つかるかと神経を使っていたのでは、元気になれるものではないだろう。

「さて、これで大体状況がわかったのだけど――どうしたものかしら」

清少納言は勘が鋭い。丹波とのこれまでの関係もあるのでこれと察知したのだが、掃司の同僚や上役たちも彼女が何かを隠して悩んでいるとじきに気づくだろう。それまでに経俊の体力が回復して、本人の予定どおりに誰にも見つからずに都を出られればいい。その前に見つかってしまったらどうなるか。しかも、都での滞在が思いのほか長くなっている。追放先の播磨国でも異常に気づいているかもしれない。

「こうなってしまったからには、すぐにでも旅立ちます」

と経俊が大きく息を吸ったが、清少納言はそれを止めた。

「まあ、落ち着いて。――というわけなのだけど、紫ちゃんは突き出す?」

つり目できらりと見つめると、紫式部が憮然《ぶぜん》とする。

「いきなり私ですか」

「だって『罪人』と思っているのでしょ?」

「それは……そうです。そうなのですが……」

「いいのよ。言いたいこと言って。そのための助手なのだから」

いつもなら「助手ではありません」と嚙みつく彼女だが、視線を落としてため息をついていた。

「やはり、律令に基づいて判断したほうがいいでしょう」

それは罪人として直ちに引き渡せという意味である。

「単純に考えれば？　犬猫のけんかで人様が追放になるのはおかしいのよ」

「心情的にはそう思います。けれどもこれはすでに決まってしまったことで――」

「その決まったことっていうのは神さま仏さまが決めたこと？」

「そんなことを言ったら人の世の営みはおかしくなります」

「紫ちゃんの言う通りだと思うよ。けど、おかしくしてるのは人――道長」

「…………」

「法は人々の幸せのためにあるのであって、権力を持った男の言い分にお墨付きを与えるためにあるわけではないと思うのだけど？」

紫式部が目をつり上げた。

「――そんなことはわかっています。けれども、法は法です。それをないがしろにしてしまっては世の中は立ちゆかなくなります。問題があるなら法を変える手続きをすべきです」

「あまり意味がないと思うなぁ。法は使う人によっていくらでも変えられるでしょ？」

その例がいま目の前にあるのである。

彼女もわかっているのだろう。経俊のあはれさを。

「……私とあなたで意見が対立するのは、最初からわかっていたのではありませんか？　それなのに、なぜ私をここに呼んだのですか」

「それでもあえて紫ちゃんの立場を確認しておきたかったのと、あとは丹波たちに現実の意見を知らせておくべきかなと思ったから」

「はい」と経俊がうつむき、丹波が唇《くちびる》を嚙んでいる。

「せっかくの恩赦を取り消したのも、道長なんでしょ？」

「またそんな決めつけを」と紫式部が苦々しげに言った。

「もともと詭弁《きべん》とすり替えで断罪した相手が、恩赦で帰ってくる。道長の性格からしたら、復讐《ふくしゅう》を恐れて取り消すくらいするでしょうよ」

「それは――」と、再び紫式部が黙った。道長は彼女の主筋であるが、彼女自身が道長から害を被ってきたのだ。

「そんな。経俊さまは復讐など暗いことを考えたりしません」

と丹波の声が思わず大きくなる。清少納言が口に指を立てて「しーっ」とした。

「さて、経俊さま。幼なじみの丹波はああ言ってるけど、あなたの本心は？　もし仮に都に戻ってこられたら、道長に復讐する？」

経俊は頭を振った。「いいえ。そんな考えはありません。母とふたり、静かに暮らしていければいいし、のちのちは仏門に入れればこれに勝る幸せはありません」

清少納言はくせっ毛をいじりながら苦笑する。

「仏門に入るまえに、背の高い元気な幼なじみのひとりもあなたの人生に入れてあげなさいな」

「え？　は、はぁ……」

丹波が真っ赤になってうつむいてしまった。かわいらしいこと、と微笑ましく思う。

「清少納言。あなた、何を考えているの？」

不穏なものを察知したような紫式部に、清少納言はにんまりと笑った。

「紫ちゃんがそういう顔をするってことは――私が何をしようとしているか大体わかっているのでしょ？」

「ろくでもないことをしようとしているのはわかります」

清少納言がくせっ毛をいじりながら、紫式部を見据える。

「あんたにお願いしたいのはただひとつ。最初から最後までずっと黙っていること」

「何ですって」

「でなければ、そうね、このまえ命婦のおとどちゃんを折檻《せっかん》しようとしたのをバラしちゃいましょうか」

「なっ。あのときはあなたのほうが」

「嫌ねぇ。何でも人のせいにして。最初は紫ちゃんのほうが暴れてたじゃない。世間はみんな冷たいとか叫びながら」

「それは……」

紫式部が絶句した。清少納言はもう一度彼女ににんまりと笑いかけた。

経俊をかくまったと知られれば、丹波も無事では済まない。それを承知でかくまったのは、幼なじみ以上の思いがあるからだろう。

ならばそれを助けるのは――いとをかし。


翌日から、「後涼殿に潜むあやしのもの」の噂が後宮中の人口に膾炙《かいしゃ》するようになった。祓の月でどこかしめやかな雰囲気にはぴったりである。

二日と経たずに中宮定子の耳にまで届いた。

「何だか後宮が楽しそうになっていますね、清少納言?」

「みなさま、祓いだけでは物足りないのかもしれませんね」

清少納言は妙に晴れやかな顔で過ごしていた。猫のような目はいつも以上に楽しげで、くせっ毛をくるくるしながら「いいお天気ですね」と愛想《あいそう》を振りまいている。どこかの大物貴族を血祭りに上げたのか、悪い物でも食べたのか。いずれにしてもみな遠巻きに見ていた。もっとも、すぐそばに弁の将がいて、周りの視線に対して腰低く頭を下げて回っているから、後宮をどうこうしようというつもりではないだろうともっぱらの噂だった。

その一方で、紫式部がうんざりしたような顔で目撃されるようになった。眉間に深いしわを作りながら、しきりにため息を漏らしているとか。『源氏物語』の執筆に行き詰まっているのではないかとも言われているが、こちらも真相はわからなかった。

あやしのもののみならず、ふたりの才媛が後宮の女官女房たちに噂話の種を提供しているおかげで、今年の水無月はどこか賑やかだ。

「おい、清少納言。変な噂を聞いたけど、またおまえ——」

とたまたま参内した則光が清少納言に尋ねてきた。

「うん？　噂？　後涼殿の軒下に男がいるっていう話？」

「いや、後涼殿のどこかってだけで、軒下とは……あ、やっぱりおまえ」

則光が目を見張る。清少納言は楽しげな猫目で庭を眺めていた。そばにいる女童のみるこも同じ顔をしている。則光が何かに気づき、随伴させた童の竹丸を振り返るが、こちらもそっぽを向いていた。

まさか、おまえら、と狼狽《うろた》える則光に、彼女が笑いかける。

「ふふ。祇園御霊会の貸しもあるし、ちょーっと力を貸してもらいましょうか」

噂は噂を呼び、後宮を飛び出し、内裏全体へ広がっていった。

……後涼殿に何ものかが住み着いているらしい。

きっと人間ではない。悪鬼怨霊の類いだ。

夜になると背の高い女が捧げ物をして慰めているとか。なんと恐ろしい。

いや、主上のいます内裏にそのようなあやしのものがいるはずがない。おそらく、物乞《ものご》いの類いだろう。

いやいや、きっと都を追われた者の恨みが戻ってきているのだ。陰陽師を呼べ——。


噂はとうとう定子の父の道隆、兄の伊周たちや、道長のところまで伝わった。

「まったく。大祓を明日に控《ひか》えているというのに、騒がしいことです」

と伊周は清涼殿で嘆いたという。定子と同じく両親の美貌を受け継いだ、いかにも公達《きんだち》らしい色白の美青年がそのように漏らせば、男女を問わずため息をついた。

容貌《ようぼう》で比べれば道長は野趣がある。権力と政で鍛《きた》えられた顔立ちは伊周ほど甘くないが、黙って誠実に仕事をしていれば、それなりに男の魅力はあった。

「伊周どののおっしゃる通りですな。しかし、陰陽師どもは大祓で忙しいでしょう。まず蔵人どもに調べさせるべきでしょうな」

「道長どののおっしゃる通りかもしれませんね」

「これから女御さまにご挨拶する予定ですが、蔵人のところへ寄って、ちょっと相談しておきましょう」

清涼殿でそのような貴族同士の会話を済ませた道長が、後涼殿を抜けて娘である女御彰子のいる飛香舎に向かおうとしたときだった。

袙扇で口元を隠して赤い十二単を翻した清少納言が、道長のまえを塞ぐ。後ろには眉間にひどくしわを刻んでいる紫式部がうつむきがちに立っていた。

「あらあら、どなたかと思えば道長さま。ご機嫌麗しく」

「これはこれは。後宮の二大才女がそろい踏みとは縁起のいい」

「さて、そんなこと言ってられますかしら」

「何?」

「宮中に潜む者の噂――何かしら身に覚えがあるのではございませんこと?」

と艶然《えんぜん》とした流し目で言えば、顎《あご》を軽く引いた道長がやや上目遣いで睨《にら》み返してくる。

「身に覚え?」

「まあ、いいお顔。伊周さまと違って熊《くま》のような面構え。悪鬼羅刹なら陰陽師や密教僧が何とかしてくれるけど……ご自分の不始末はご自分で何とかしていただかないと」

「何だと?」

清少納言の毒舌に、後ろの紫式部が衣裳を引いた。「清少納言……っ」

すると清少納言は目を細めて、道長を空いている局に案内した。

几帳の隙間から道長の様子を窺う。

「人間はいいものですわね。生きている間の罪と心の穢れを、大祓で落としていただける」

「ふむ?」

「でも、やりたい放題やって、人形でちょちょいとやっておしまいって、甘いと思いませんか?」

「……さっきから何を言いたい?」

焦《じ》らされて、道長がいらいらしている。

「ましてや、犬猫はそうもいかない。——命婦のおとどには道長さまも手を焼いておられるそうですね」

「おぬしに『さま』付けで呼ばれると何だか気味が悪い」

清少納言は笑いをかみ殺す。

「噂の正体……紫式部が知ってますよ」

意外すぎる言葉に道長と紫式部が目をむく。

あなや、と道長が驚き、「ちょ、ちょ、ちょ——っ」と紫式部が目を白黒させている。

道長はもちろん事情を知らないが、紫式部にもこんな流れになるとはひと言も言ってい
ない。清少納言は素知らぬ顔で髪をいじりながら、

「道長さまだけに〝特別に〟教えて差し上げますわ。――噂の真相」

「後涼殿にあやしのものがどうこうという、あれか」

「左様でございます。――後涼殿の軒下に、紫式部がかくまってるんですよ。『源氏物語』に倦《う》んでおかしくなっちゃったのかしら」

「清少納言っ」

紫式部が丹塗《にぬ》りの柱のような顔色になっているが、睥睨《へいげい》し「命婦のおとど」と呟いて黙らせる。紫式部は奥歯をかみしめ、身悶えしていた。

「誰をかくまっているというのだ」

「まあまあ。身に覚えがありすぎてご自分ではおわかりになりませんか。祓の月ですから道長さまにご自身のあり方を省みていただこうと思っていましたのに」

「……っ」

「道長さま、私は――」と口走った紫式部の足をつねって黙らせる。「いたっ」

「何かあったのか」

「足がつったみたいですわよ。毎日毎日文机にかじりついてるからかしら。――で、道長さま、どうします？」

「どうします、とは」

「このままここでバラしてしまっていいですか。――『源氏物語』作者の不祥事」

道長の動きが止まった。

「……噂では後涼殿のあやしのものに立ち入るのは背の高い女。紫式部はそれほど背が高くはあるまい」

「じゃあ、紫がやったとバラして平気ですわね？　ほとんど誰も見たことがないそんな女より、『源氏物語』作者のほうがみんな食いつくと思うけど」

「待て」と道長が唸《うな》る。

いま道長のなかで忙しく計算が行われているだろう。

紫式部の不祥事という清少納言の言葉が本当かどうか。本当だった場合、どのくらい影響があるのか。『源氏物語』への評価はどうなるか。『源氏物語』を利用して主上を自らの娘・彰子のところへ通わせている計画が破綻《はたん》するかどうか。それより何より、続きは読めるのか。「自分の身を省みろ」と言った清少納言の言葉の真意。とどのつまり、自分にどの程度の悪影響があるのか……。

「詳しく、話を聞こうか」

几帳に隠れながら清少納言が微笑む。紫式部がすごい顔をしているが、かまわない。

「藤原経俊、といえば心当たりがあるのでは？」

「……覚えのない名だな。だが、続けてくれ」

清少納言は、彼の養父の病から宮中に隠れている顚末までをかいつまんで話した。丹波の名前は出さない。その代わり、こんなことを言った。

「まったくいい迷惑ですわ。都を追われた人物がこの内裏にいるなんて。こんな穢れが宮中にあっていいのかしら。それもこれもこれなる紫式部の企《たくら》み」

いきなりの手のひら返しだが、紫式部は真っ赤な顔のままそっぽを向いていた。やっと「最初から最後までずっと黙っていること」の意味がわかったらしい。

「ご覧ください。道長さま。この横柄な態度で紫式部が持ちかけてきて。『源氏物語』がこんなことで読めなくなってしまってはいけないと、私もいやいやながら――」

道長が真っ赤になった。「もういいッ。――で、どうしろというのだ」

清少納言は袙扇で顔を隠す。「明日は大祓。祓うべき穢れとして、この世から処分してしまえばいいのです」

大祓の儀式の準備の声が、妙に耳についた。


これから始まる大祓は都中、つまりは国中の人々の気の枯れというケガレ、つまり罪と心の穢れを浄《きよ》めるための一大行事だ。

まず主上が祓いを行う。祭祀を司《つかさど》る中臣《なかとみ》氏の者が御祓麻《おおぬさ》を、東西文部《やまとかわちのふひとべ》が祓の刀と祓詞《はらえのことば》、人形を奉ると、主上は人形に息を吹きかける。これで、主上のケガレが人形に移る。大内裏の南にある朱雀門《すざくもん》に祓所《はらえど》が設けられ、中臣の者が百官の男女に大祓詞《おおはらえのことば》を下してケガレを祓った。

朱雀門前には都中の人々が集まっている。主上と貴族たちの大祓のあと、親王や貴族たちが大祓詞を読み上げて、人々のケガレを祓うのだった。

大祓で人々の目が朱雀門に集まっている最中、同じ大内裏の北東――いわゆる丑寅《うしとら》の鬼門に当たる――達智門《たっちもん》の東で、ひとりの罪人がひっそりと処罰されようとしていた。

罪人の名は藤原経俊。

都を追放されたにもかかわらず、戻ってきた罪により、死を賜ろうとしていた。後涼殿から内密に引き出され、せめてもの慈悲として髭《ひげ》を剃《そ》り、髪を整えてもらっている。日に当たっていなかったせいで青白い顔のまま後ろ手に縛られ、地面に座らされていた。

見物人はおろか、見送りひとりいない。

朱雀門の喧噪《けんそう》は遠い。

処刑人とおぼしき男が、刀を振りかぶった。

「何か言い残すことは」

「……我が身の不孝と不徳を、ただ恥じ入ります」

経俊はきつく目を閉じ、上体を前に倒す。口の中で「南無釈迦大如来」と唱えた。

処刑人の刀が白く光る。

振り下ろされた刃が鈍《にぶ》い音を立てた――。


達智門の陰から清少納言が出てくる。袒扇で口元を隠しているが、猫のような目は楽しげに光っていた。

「お見事。あんた、上手に斬《き》るのね」

「多少腕に自信はあったが、俺もこんなにうまくいくとは思わなかった」

そう言って処刑人――その格好をした則光が刀を収める。

「何が――え？　私は、生きてるのか」

経俊が声を上げた。手で首を触る。切られていない。それよりも、さっきまで後ろ手に縛られていたはずなのに、という顔をしている。

則光が残っている縄の結び目をほどいてやった。

「大変だったな。まあ、俺も清少納言から話を聞いたときには正直、卒倒しそうになったけどさ」

「はあ……」

経俊はまだ事情をのみこめない表情だ。清少納言はくせっ毛をくるくるしながら、自分の背後に声をかけた。

「罪人・藤原経俊は先ほど死んだ――。ちゃんと見てたでしょ、ふたりとも」

門の陰から紫色の衣装を着て衵扇を使っている紫式部と、儀式用の黒い衣冠束帯姿の道長が姿を見せた。

「ええ。たしかに」と紫式部。

道長は苦虫を嚙みつぶし続けたような顔をしている。経俊が青白い顔で見上げた。

「ああ。藤原経俊は死んだ」

「道長どの……？」と経俊が目を見開いている。

「そこにいるのはどこの者でもない、今度こそ私の知らない男だ」

「ではどこへでも行かせてしまっていい？」

「ふん。当たりまえだ。さっさとどこへでも行け。――まったく大祓に間に合わなかったらどうするのだ」

と文句を言いながら道長は大急ぎで大内裏へ戻っていった。

「間に合うの？　あれ」

「牛車が止めてありましたから」

道長と入れ違うように、壺装束の娘がやってきた。壺装束とは貴族の女性たちが身につける外出着だった。つばの広い市女笠《いちめがさ》に虫の垂衣《たれぎぬ》をたらして顔を隠している。

丹波だった。

経俊の近くまで来ると、とうとう駆け出して経俊に抱きついた。

「た、丹波」とすっかり痩せている経俊が丹波の下敷きになる。

はしたない、と紫式部がたしなめると、若いふたりが赤面しながら身を起こした。

「清少納言さま、これは一体――」とやっと尋ねる経俊。

「いまあなたが身をもって味わった通りよ。〝藤原経俊〟という人物は死罪になってこの世からいなくなった。――これであなたは自由よ」

……昨日、道長に対して、清少納言が経俊の処遇について話し合ったときのことだ。

「『源氏物語』作者の紫式部が乱心して罪人をかくまったと広まるまえに、経俊さまを無罪放免にしてほしいの」

すっかり乱心に仕立て上げられた紫式部は黙然としている。じっと清少納言と道長の交渉の行方を見守る表情になっていた。

「何を言っているのだ。おぬし自身が先ほど言ったではないか。『祓うべき穢れとして、この世から処分してしまえ』と」

「だから、この世の者でなくしてしまえばいいんでしょ?」

道長が横を向き、爪を噛んだ。

「ばかなことを言うな。追放の刑をないがしろにして都に戻ってくるなど前代未聞。かの菅原道真公でさえしなかった暴挙」

「道真公は都に帰ってきたでしょ——怨霊となって」

「……っ」

道長の顔色が悪くなった。

「どうする? なっちゃうかもよ? 怨霊に。呪われちゃうかもよ? あんたも、あんたの身内も」

何度も口を動かすが、何も言葉が出てこない道長。息が荒い。

「ふふ。怨霊になられそうな、身に覚えがあるのでしょ?」

「ぐ、ぐ、ぐ……」

「『源氏物語』は途中で打ち切り。あんたも怨霊に取り憑かれる。——処罰してもいいことはひとつもないでしょ」

だったら、内々でもみ消してしまえと清少納言は持ちかけているのだ。

「し、しかし……一度、追放の刑が出てしまっているのだから——」

「本当は恩赦があったんでしょ? それをあんたが握りつぶした」

何の証拠もないはったりだった。しかし、道長はわかりやすく目を泳がせた。

「お、恩赦など知らぬ。追放の刑を破ったそやつは律令により死刑になるだけだ」

清少納言は袙扇を小さく開いて口元に当てる。

「桓武帝《かんむてい》の頃から都で死刑は行われていない。あなたはそれをするの？　死の穢れを、それも明日の大祓の日に？　自分の穢れた思いで恩赦を取り上げた人物に対して？」

「……ちっ」

と道長が舌打ちして横を向いた。清少納言は声をやさしくする。

「私だって一度決められた刑罰をうやむやにしようと言ってるんじゃないの。あんたが恩赦をうやむやにした――それによって養父の死に目に会えなかったあはれな若者に、ちょっとした誠意を見せてやってほしいと言ってるのよ」

「……それが無罪放免ということか」道長がまた爪を噛んだ。「仮に私が見逃したとして、誰かに見つかれば同じことだ」

それが反道長派だった場合、次の新しい政争につながりかねない。

「経俊には政の世界から引いてもらう――本人とそういう約束ができてるから」

「信じろというのか。経俊が仮におぬしを裏切ったらどうするつもりだ」

「そのときは私が経俊を潰す」

すさまじい内容を彼女はさらりと言ってのけた。道長が思わずうなる。

「それは――」

「私の怖さはあんたがいちばんよく知ってるんじゃない？」

「……認めるのは業腹だがな」

万一、経俊が約束を違えれば、道長と清少納言の両方を敵に回すことになる。悪鬼羅刹も裸足《はだし》で逃げだそうというものだ。

「明日は大祓なのだから、それに免じてすべての穢れを祓えばいいのよ」

「――わかった」

極めて小さな声で道長が同意した。瞬間、清少納言が華やいだ声を上げる。

「――とか言っているけど、みんな聞いた？」

はい、と清少納言の周囲から複数の女性の声がした。紫式部だけではない。丹波と弁の将をこっそりと呼んでいたのだ。

「紫式部だけではないのか。誰がいるのだ⁉」

「内緒。もしあんたのほうが約束を反故にすれば、ここにいる全員が証人として一気に内裏中に話を広めてあげるから」

清少納言が音を立てて衵扇を閉じた。不意に猫の鳴き声がする。馬の命婦の声も。今日も上にさぶらう御猫は元気溌剌《はつらつ》のようだ。道長が心底うんざりした顔をしていた。

清少納言の話を聞きながら、経俊は何度も驚愕《きょうがく》していた。そのたびに丹波が「これが清少納言さまです」とうっとりと補足する。

「……というわけで、藤原経俊は死んじゃったの。ま、細かいことは紫ちゃんがやっといてくれるから」

「ちょっと、清少納言⁉」

「助手でしょ？　経俊さまがどこで死んだことにすればいいか――追放先の播磨国で病死したことにするか、逃げて道中で死んだことにするか、適当に道長と詰めておいてよ」

紫式部の顔色が赤くなったり青くなったりしていた。

「私、やっぱりあなたが嫌いですっ」

清少納言は明るく笑って聞き流すと、経俊と丹波に向き直る。

「とりあえず経俊さまは、そうね、名前を変えて丹波の実家の下男の子供にでもなって転がり込むといいかな。これであなたは自由。ほとぼりが冷めたら丹波と結ばれなさい」

「あ……」と言ってふたりは顔を見合わせ、赤面した。

もし丹波の両親が家格にこだわるなら、清少納言のあらゆる伝手《つて》を使って適当な養子先も見つけてやるつもりだ。

「それにしてもぎりぎりでしたわね。すでに噂で『背の高い女』が供物を持っていったという話が出ていたのですから」

と紫式部が厳しい表情で振り返った。経俊が顔を曇らせる。

「丹波に累が及んだりはしないでしょうか」

「いまさらそれをあなたが気にするの？　これだから男は――」

と清少納言が嘆息すると、経俊が小さくなった。

「申し訳ございません……」

「ぎりぎりではあったけど、まあ、何とかなるでしょ。最後の後始末は助手の紫ちゃんがいつもつけてくれるし」

と清少納言が笑ってみせた。

「あなた、何でもかんでも私に押しつけないでください」

「何言ってるのよ。あんたは最初から最後までずっと黙っていただけでしょ」

「くぁ……っ」紫式部の頰が痙攣《けいれん》している。

ありがとうございます、と経俊たちは清少納言を拝むようにしていた。彼女としては、犬猫の争いやそれにかこつけた男の政治原理で誰かの人生がめちゃくちゃになるのも、若い娘の恋が踏みにじられるのも我慢ならなかったのだ。

「これだけ尽くしてくれた丹波と幸せになりなさいな。出家を考えるのは、ふたりで幸せな人生を味わったあとでも悪くはないでしょ」

遠く朱雀門から、大祓に来た都の人々のわあっという声が聞こえた。「早く大祓に行かないと」と則光がそわそわしている。清少納言は小さく肩をすくめて懐《ふところ》から大祓の人形をいくつか取り出した。これで、祓いはできる。

何事も準備に抜かりはないのが清少納言のやり方なのだった。


大祓の夜、定子の御座所にて。

どこからか蛍が入り込み、舞っているさまは、天の星が地上で踊っているようだった。

今日は物語を考えてみました、と前置きし、清少納言は経俊の一件を架空の物語として話していた。大祓ではしゃぎすぎたのか、年かさの女房たちがさっさと寝てしまってくれたので話しやすい。弁の将はじめ、比較的清少納言によい印象を持っている若い女房が数人いる程度だった。定子は興味深げに耳を傾けている。傾聴の姿勢になると、黒絹の髪が一筋、怜悧《れいり》な頬に垂れるのが何とも美しかった。

「清少納言。唐の国のいずれかの時代という話でしたが、まるで見てきたような迫力ですね。皇帝のかわいがっていた小鳥を死なせてしまったために都を追われた若い貴族、最後は名を変えて幼なじみの娘と幸せに暮らせたのは、いとをかしでした」

「ありがとうございます」

ゆったりと脇息にもたれた定子が、清少納言を手招きした。

「何かで都を追われても命がけで助けてくれる人がいるってすてきね。もし私が都を追われたら、清少納言はそんなふうにしてくれる？」

耳に息がかかるようにささやく定子。清少納言の耳朶《じだ》が熱くなった。焚《た》きしめられた薫香が清少納言の鼻をつき、満たす。

「も、もちろんにございます」

品があって奥深い定子の薫香にくらくらしそうになりながら、それだけ答えるのがやっとだった。やっとだったが、それは偽らざる本心でもあった。ありがとう、と含み笑いと共に定子がささやく。向こうで猫の鳴き声がした。ずいぶん熱心に鳴いている。

「命婦のおとどかしら。……ああ、翁丸はどうしているのでしょう」

蛍が儚《はかな》げに光っていた。

定子の心を思って、沈黙していたときである。

犬が吠《ほ》えている。

おや、と思っていると、しばらくして簀子を誰かが急いで渡ってくる。足音が軽い。もしやと思っていると、みるこの笑顔が飛び込んできた。

「夜分、失礼します。中宮さまの翁丸によく似た犬が――」

清少納言は定子と顔を見合った。一瞬遅れて、一回り近く年下の中宮が年相応の喜びを見せる。軽々しく振る舞えない定子に代わって間《ま》を出た。みるこの案内で簀子を急ごうとしたとき、艶《あで》やかな赤みの衣裳の女房の背にぶつかりそうになった。

ごめんなさい、と清少納言が謝ると、やわらかい笑みを浮かべてその女房は、

「いいえ、こちらこそ。いとをかしなお話、いえいとあてなる恋物語、すてきでした。常《とこ》夏《なつ》にしく花はなく、恋にしく人生の花はなし」

常夏とは撫子《なでしこ》の古名である。何か言い返そうとした清少納言を、みるこの小さな手が引っ張る。もしこの場に紫式部がいたら、やわらかい笑みの女房に怪訝な表情を見せたはずだが、さすがにこんな遅い時間に中宮の御座所にいるような彼女ではなかった。

犬島から主人恋しさに戻ってきた定子の愛犬・翁丸に、主上がそのけなげさに心打たれて許しを与え、無罪放免を申し渡すのは数日ののちの話である。

第二章　七夕にきらめく星と露

文月《ふみづき》、つまり七月になった。

暦の上では秋だというのに、蟬の鳴き声が滝のように聞こえる。しかし、滝のような涼しさはまったくなかった。

後宮の一年というものは、次々とやってくる宮中行事をこなすところに本質があるらしいと清少納言は思うようになっていた。

最初は楽しかった。目新しかった。賀茂大社《かもたいしゃ》の祭りは壮観だった。

けれども、いや、そのような大きな祭りを知ってしまったからか、徐々にたくさんある催し物への感動が薄れていくのを感じていた。

毎月毎月、懲《こ》りずに飽きずに催し物がある。人間のために行事があるのか、行事のために人間があるのか。感動を失った自分が悪いのか、感動を失わせるほどの行事の数が悪いのか……。

そんなことをつらつらと、文月最初の大きな宮中行事である七夕の準備の合間に、局で一息ついたときに弁の将に話してみた。

「うーん」と弁の将が小難しい顔をしてみせる。「あんまり考えてないですね」

「そうでしょうね……」あなたは、と心の中で付け加える。考えていても考えていなくても、忙しいのに変わりはない。げに、すまじきは宮仕えである。

でも、と弁の将が笑顔になった。「行事があるのは楽しいじゃないですか。何もなかったら、それこそ退屈で死んでしまいますよ」

「そうねえ……けど、こう暑いと、やっぱり」

「あー、暑いのは嫌になりますね」

「日々の発見、日々の感動――大事だとわかってても暑いし。とはいえ、ぼーっとお勤めをこなすだけでは『枕草子』に書くようないとをかしな題材も見つからない」

これでは定子に喜んでもらえない。何のために出仕しているのかわからなくなる。とはいうものの、お美しい中宮さまをずっと見ているだけでもう何もいらない、との本心は言わないでおく。

「主上は天下万民の安寧《あんねい》のために神々に常に祈りを捧げるお方。その主上がお定めになった宮中行事はいわばすべてが神々への祭り。滞りなくひとつひとつを成功させるのは、とりもなおさず惟神《かんながら》の道――」

そう言って、清少納言と弁の将の他愛《たわい》もない会話に、極めて模範的な答えで闖入《ちんにゅう》してきたのは紫式部だった。ここは清少納言の局なのだが、なぜか渋い顔で座っている。

「出た。口だけ真面目女。大体あんたはなんでここでくつろいでいるのよ」

「先日、備前のおもとどのに頼んでおいた香を受け取りに来たのです。七夕には必要でしたので間に合って助かりました」

「なるほど。いまは『源氏物語』の執筆より七夕準備ってことね」

「――まあ、そんなところです」

曖昧な答え方を清少納言は見逃さない。

「本当にそれだけ？　何か裏がありそうだけど」

そう言って清少納言が無言で見つめ続ける。紫式部は視線をそらして黙っている。なおも何も言わないで見つめていると、紫式部が音を上げた。

「――原稿が、遅れてるんです」

「ほ？」

「原稿が遅れてるんですっ。飛香舎の私の局や邸では周りがうるさくて全然書けなくてっ」

「大変ねぇ」

清少納言は腰を下ろして紫式部の頭を軽く撫でてやる。

「誰のせいだと思っているのですか」と彼女が柳眉《りゅうび》を逆立てた。「夏越しの大祓の一件で、私がどれだけ苦労したか」

「主犯は紫ちゃんだったものねぇ」

と頰に手を当てて嘆いた。弁の将がやれやれという顔をしている。

「おかげさまで道長さまからの催促が激しくなりまして！」

「あらそうなの？」

「『ちゃんと原稿は書けるんだろうな。問題ないだろうな』と、しきりに声をかけてくるのです」

「そういうのがいちばん邪魔よね」

「道長さまはそうやって自分がいちばん邪魔をしているのに、早く続きを読ませろとせっついてくるし！　あと、他の女房たちも」

「早く読ませろって？」

「そういう人もいますけど、何かこう、目をきらきらさせて『私の話を聞いて？　私の恋の話を聞いて？』みたいな人とかもいて」

私の話を聞いて、というとき、紫式部の声が高くなっていた。相手の女房の真似《まね》らしい。他人の真似をする紫式部。初めて見た。よほど腹に据えかねているのだろう。弁の将が引きつった笑いを浮かべて後ずさりしていた。

「紫ちゃん。大変なんだね。和を以て貴しとなす、だよ？」

「そんなことあなたに言われなくてもわかってます！　あー、また何を書いていたのか忘れた！」

「……紫式部、あなた疲れているのよ」

清少納言はみるこを呼び、白湯と唐菓子を用意させる。

しばらくして、みるこがぱたぱたと運んできたものを見て清少納言は歓声を上げた。

「氷！　すてきじゃない！」

運ばれてきたのは、熱い白湯や食べ出はあるが口の中がもっさりする唐菓子ではなく、削り氷。量こそ少ないが、金椀《かなまり》は三つに分けてあった。見た目にも涼しげだ。しかもその上には甘茶蔓《あまちゃづる》を叩き潰して煎《せん》じた茶色い蜜《みつ》がとろりとかけられている。灌仏会《かんぶつえ》で御仏に供養する甘茶とは異なる植物だが、深くやさしい甘みが舌に残るのだった。

「膳司《ぜんし》に唐菓子を取りに行ったところ、ちょうど中宮さま用に削り氷を準備されていたのです。膳司の女官の話では、中宮さまから清少納言にも少し分けるようにとのお言葉があったそうで」

「中宮さま……っ」

思わず目頭が熱くなった。もったいなさと有り難さに汗が引く思いがする。

「見ているだけで涼しげで、心が安らぐようです」

と紫式部がほっとした表情を見せる。清少納言は三つの金椀のうち、ひとつを弁の将に、残りのふたつを自分の膝元《ひざもと》に置いた。

「それではいただきましょうか。ひとつはみるこにもあげるわ」と言うと、みるこが恐縮している。

「あのぉ。紫式部さまのぶんは……」

その紫式部は一日中お預けを食らっている仔犬《こいぬ》のようになっている。

「だって、金椀は三つでしょ？　量も少ない。多分、中宮さまは膳司に『清少納言たちに分けてあげて』とご指示されたはず。みるこが気を利かせて三つに分けたのでしょ？」

「あ、はい……。ふんわりと多めに見えるように盛り付けられる氷の削り方もあるそうなのですが、それがわからなくてごめんなさい」

「というわけで、この三つは弁の将、みるこ、私のぶん」

「いいえっ」とみるこが叫ぶようにした。「あたしは自分のぶんなんて考えてませんでした。清少納言さまと弁の将さま、それと紫式部さまのぶんにと思って分けたのですっ」

ほらぁ、という顔で弁の将が見る。清少納言はにんまり笑って、

「紫ちゃん、子供のぶんを取るの？」

「……そんなことしません。いりません。だって私、中宮さまの女房ではありませんもの」

紫式部がそっぽを向くと、弁の将とみるこがおろおろした。

蟬の声が一段とうるさく感じる。

清少納言が吹き出した。

「冗談よ。紫ちゃん、私のぶんをあげる」

そう言って金椀を突き出すと、紫式部は化け物でも見たような顔をした。

「え？　あなたのぶんは？」

「みるこからひとくちもらうわ。──みるこ、いいかしら」

はい、と答えたみるこが笑顔で自分の削り氷を差し出す。甘茶蔓の汁のかかった削り氷をひと匙《さじ》。口の中に涼風が吹いた。甘い香りが鼻に抜ける。やや残る土の香りも心地よかった。甘く、冷たく、文字通り生き返る。鴨川《かもがわ》のほとりの水遊びもかくやであった。

『枕草子』において、「あてなるもの」、つまり上品なものとして、「削り氷《ひ》にあまづら入れて、新しき金椀《かなまり》に入れたる」をあげている。清少納言のお気に入りのひとつだった。

「ん。おいしい。ありがとう。みるこ、お食べなさい」

「でも、清少納言さまが──」

「じゃあ、一緒に食べましょう」

「はい」とみるこが匙を動かす。弁の将も削り氷を口にしてうっとりしていた。

「紫ちゃんは食べないの？　溶けちゃうよ？」

と清少納言が覗き込むと、紫式部が削り氷を手にする。

「いまさらだけど。私がもらっていいの？　私、女御さま付き女房よ？」

「いいんじゃない？　助手へのお手当。もらった以上は今後も励め」

「これだけではまったく足りていませんっ」

ダメと言われると悲しいくせに、許可が出るとかえって怖がったり迷ったりする。面倒くさい性格だと思う。まあ、こういう性格だから、複雑に入り組んだ物語の作者をやっていられるのだろうけど。

「文句があるなら私が食べちゃうぞ」と手を伸ばすと、紫式部が機敏に動いた。

「あげません！　いただきます！」

ひったくるように金椀を手にして匙を取った。やや溶けかけた削り氷を素早く口に入れている。こぼさないようにやや受け口になっていたのがいとをかし。清少納言さま、とみるこが氷を差し出した。

「ああ……生き返る」と紫式部が法悦の表情になる。しかし、すぐにこめかみを押さえた。「あ、頭が痛い」

「あらあら。卑しい食べ方をするから」

「そんなことありません。暑いから冷たいものはほしいのですけど、昔からすぐに頭が痛くなるのです」

面倒くさいわね、と清少納言がするすると匙を動かす。だが、彼女も頭を押さえた。

「あたたた……」

「あらあら。清少納言も頭が痛くなったんですか？　それにしても、こんなに蟬が鳴いていて日差しも強いのに、口の中だけ冬の冷たさ。いとをかしですね」

弁の将がやっと安心したように削り氷を味わった。

「こんなに暑いのに、氷なんてどうやって手に入るのでしょうか」

と、みるこが素朴な疑問を口にすると、清少納言が額の汗をそっと拭いながら、

「冬にできた氷を取っておくのよ」

「本当ですか」

「もちろん普通に置いておいたら氷は夏場どころか雪解けの頃にはぜんぶ溶けて消えちゃうよ？　氷室っていう氷を保存しておくための場所があるのよ」

「そこに置いておけば、氷が溶けないいんですか」とみるこが好奇心をみなぎらせている。

「少しは溶けちゃうけど、こうして夏場に削り氷をたまに楽しめるくらいには残せるの」

「へ～」

地面に掘った穴に茅葺《かやぶ》きの小屋を建てたものや、天然の洞窟《どうくつ》を生かしたものなど、『延《えん》喜式《ぎしき》』には都のある山城国《やましろのくに》を中心とした十ヵ所二十一室の氷室が定められ、その管理を担う主水司《しゆすいし》という職が宮内省にあった。

「とはいえ、氷室から内裏に運んでくる間も暑いでしょ？」

「はい。溶けちゃいます」

「だから運ぶときには氷に衣裳を纏《まと》わせるの」

「氷に、衣裳……？」

みるこがかわいらしく首を傾げる。ほとんど溶けてしまった削り氷の最後のひとくちを食べてしまうように促《うなが》し、続けた。

「茅《かや》で包んだり、木を削ってできたおがくずで周りを覆ったりするの。そうすると不思議と溶けにくくなるのよ」

「へー。さすが清少納言さま。なんでもご存じなんですね」みるこが興味津々で目を輝かせる。

「今度、竹丸に教えてあげなさい」

「はいっ」

ごちそうさまでした、と紫式部が満足げに両手を合わせた。

「清少納言。本当にありがとう」

「どういたしまして。中宮さまのお心遣いよ？」

「そうでした」と、中宮定子の御座所のほうに向き直り、紫式部は拝礼する。

「これで『源氏物語』ははかどるかしら」

「がんばります」と表情を引き締めたものの、すぐに彼女は文机に頰杖《ほおづえ》をついた。「明日は七夕。素敵ですよね」

蟬の声の向こうでする準備の声が再び甦ったように思う。宮中での七夕は、桃、梨《なし》、茄《な》子《す》、瓜《うり》、大豆、干し鯛《だい》、鮑《あわび》などの供物を供えるものだった。香を焚いて降るような星を眺めながら、ある者は星に願いを託し、別の者は楽を奏《かな》で、また別の者は詩歌を楽しむ。暑い夏の、短い夜を優雅に楽しむのだった。

「もともと着物を織って神棚に捧げて豊作を祈るとともに禊《みそぎ》をする『棚機《たなばた》』という儀式があったのよ。そこに、『乞巧奠《きっこうでん》』という唐の行事が流入した。七月七日に織女星《しょくじょせい》にあやかって、織物《おりもの》や針仕事が上達しますようにとお祈りするんだけど」

「織物つながりですかね」と弁の将。

「たぶんね。それで、織女星の織姫《おりひめ》と牽牛星《けんぎゅうせい》の彦星《ひこぼし》には伝説があったからそれも一緒になって――」

「一年にたった一夜だけ、愛する人と巡り会える――切ないけど、美しくて、素敵な物語ですね」

と紫式部がうっとりしている。平安の夜は暗く、同時にこの世ならざる世界――あやしのものたちだけではなく、神話伝説の世界まで含まれる――の息づかいをも感じさせた。人が生きるうえで昼間が欠かせないように、夜も欠かせない。普段は眠ってしまう深深《しんしん》とした闇にみなと語らいながら目を凝らしているだけで、日常を遊離した物狂おしいような思いに駆られた。

「何だかんだ言って、夜の暗がりで興奮しているんでしょ?」

と清少納言が身も蓋《ふた》もないことを言って、せっかくご機嫌になった紫式部の気持ちを逆《さか》なでする。

「興奮なんてしません」

「『源氏物語』であんなにただれた夜の営みを書いておきながら、いまさら何を」

「ただれてません！　夜にそういうことが多いのは……その、当然じゃないですか。真っ昼間から及んではそれこそ――」

「あのぉ。みるこもいますので、その辺で」と弁の将が声をかけた。弁の将がきちんとみるこの両耳を塞いでいる。才女ふたりはばつが悪そうに顔を見合わせた。

みるこの両耳が解放されると、紫式部が咳払いをして歌を諳《そら》んじる。

ひさかたの　天の河原の　渡し守

君渡りなば　かぢかくしてよ

――天の河原の渡し守よ、彦星様が渡ってきたならば、帰らないように舟の艪《ろ》を隠してくださいませ。

『古今和歌集《こきんわかしゅう》』に収められている詠み人知らずの歌だった。織姫の、一途《いちず》で燃えるような恋心を歌っている。見苦しい醜態をみるこにさらしてしまった彼女なりの謝罪のようだった。美しい調べにみるこが聞《き》き惚《ほ》れていると、簀子の向こうから別の女性の声がした。

恋ひ恋ひて　あふ夜は今宵《こよい》　天の河
　霧立ちわたり　明けずもあらなむ

——一年恋しく想い続けてようやく逢《あ》う今宵。天の川には霧が立ちこめ、夜が明けないでほしい。


こちらも『古今和歌集』の詠み人知らずの歌だった。聞いてわかる通り、やはり七夕に託した恋の歌。先ほど紫式部の歌と同じく、織姫の恋心を情熱的に詠んでいる。

まるで紫式部に応《こた》えるような声に、みながぎょっとなって視線を向けた。聞き慣れない声だという清少納言たちの中にあって、ただひとり、紫式部だけは眉をひそめている。

詠み上げた声は、どこかふわりとしてて現世のしがらみから超越しているようでありながら、そのしがらみに自ら絡まっているような矛盾を感じさせた。するりするりと装束を引きずる音も、どこか湿気《しっけ》を含んでいるようだ。

その声の持ち主が、ひょっこりと局に顔を斜めに覗かせた。

「あ。紫式部さま。お声がしたのでこちらかなと思って。探していたんですよ？」

夢見るような表情で微笑んでいる。つややかな黒髪、血色のよい肌、やや目尻の下がった目はつやつやとしていて、どこか仔犬や仔猫《こねこ》、仔鹿《こじか》のような愛らしさがある。

赤い襲色目《かさねいろめ》が彼女のための色のようにしっくりなじみ、別の命を吹き込まれたようにあでやかだった。だが、そのあでやかさは、昼の日差しだけではなく、夜に花開く魅力を感じさせる。

その様子に、清少納言はふと思い出した。

「あら。翁丸が戻ってきた夜、登華殿の簀子でぶつかりそうになった方」

するとその女房は全身を局の入り口にあらわにする。

「あの夜は失礼しました。清少納言さま」

こちらの名前を知っていたことに少なからず驚きながら、名前を聞こうとすると、紫式部が削り氷より冷たい声を挟んだ。

「ここは清少納言の局。どうしてこんなところまで来たのですか、和泉式部」

和泉式部、という名前に清少納言たちの視線が再び集中する。後宮は広い。名前だけ知っていても、現実に名乗ってもらわなければ誰かわからないこともしばしばだ。ましてや、違う殿舎――つまり中宮定子付き女房ではない――となれば、なおさらだった。

だが、和泉式部の名前は知っている。

現在の後宮で、名の知れた女房は幾人かいた。

『枕草子』の作者にして道長の天敵である清少納言。

『源氏物語』の生みの親で「日本紀《にほんぎ》の御局《みつぼね》」と称される紫式部。

このふたりに次ぐ有名人として名があがる女房のひとりに和泉式部がいた。

清少納言たちが男顔負けどころか並ぶ者なき才媛として——つまりは聡明さで名を知られているのに対し、和泉式部はまったく違うところで名が知られていた。

すなわち、「恋多き女」和泉式部——。


清少納言が珍しい生き物を見るようにしげしげと彼女を見つめた。

「あなたが和泉式部……」

実際、珍しい。初めて会ったというのもあるが、何よりも恋多き女という存在が、清少納言にはなかなかだったのだ。この時代、貴族の結婚は妻問《つまどい》の形を取る。特定の貴族の北の方に収まる場合もあれば、女の側はそのまま邸に残って男が訪ねてくるのを待つ立場にいつづける場合もあった。男の側が複数の女のところへ通うのも珍しくない。同様に、女の側が複数の男から求愛されることも珍しくない。

そんな仕組みの中にあって「恋多き」とまで言われる人物に興味があった。

「清少納言さまのような美人からそんなふうに見つめられると、恥ずかしいです」

と軽く身をそらしながら、両手で顔を隠す。あらためて見ると、手も顔も小さい。「男ってこういうあざとさに弱いんですよね」と弁の将が口の中で呟いた。なるほどなぁ、とさっそく清少納言は感心する。いきなり「あざとい」と切って捨てるのはかわいそうだと思ったが、少なくとも自分にはできない仕草だ。したくもないけど。

「それで、何だって他人様の局に来たのですか」

紫式部が自分のことを棚に上げて詰問すると、和泉式部は顔を隠していた両手を外した。にこやかな和泉式部は紫式部に顔を向けると、表情が一変する。目尻に無色の液体が溢《あふ》れて、表情が崩れた。思い切り顔をしかめて口を開け、涙が一気に氾濫《はんらん》する。

「うわああああん。むーらーさーきー」

大泣きする女童のようになりながら、和泉式部が紫式部に飛びついた。紫式部がよろめいて文机にぶつかりそうになるのを、清少納言が押さえてやる。「ちょっと、ちょっと！」という清少納言の声など聞こえないように、恋多き女は喚《おめ》いた。

「ひどいんだよぉぉ。私の話を聞いて？　私のかわいそうな恋の話を聞いて～」

紫式部が明王《みょうおう》に踏みつけられる亡者もかくやという苦悶《くもん》の表情で抱きしめられている。

「うん？　この和泉式部の言い回し……」

聞き覚えがある。さっき、紫式部が柄《がら》にもなく、人の真似をしていたと思うが。

「紫。あんたがさっき話してたのって」

「……ええ。この和泉式部です」

その間も和泉式部は紫式部の胸に突っ伏したままだ。わんわん泣きながら誰それがどうしたこうした、自分はそんなつもりはなかった、心から信じてたのに、いまだって愛しているのにとまくし立てるように訴えている。

清少納言は理解した。和泉式部は相談相手も助言も何もいらない。自分の涙と話を吸い取ってくれる海綿になってくれる人物を探しているのだ。それがどうして紫式部に白羽の矢が立ったのか……。

「『源氏物語』なんていういろんな形の恋の話を書き連ねてきたから、恋の達人とでも思われたのかしらねぇ」

と、清少納言が削り氷を食べようとして、残っていなかったと思い出す。

散々泣きわめいた和泉式部が、紫式部の胸から顔を上げ、泣き濡《ぬ》《な》れたままこちらを向いた。思わず目が合う。和泉式部が大きく息を吸った。

「ううぅ……。せいしょーなごんさまぁー」

「え!? 私!?」

気づいたときには和泉式部に抱きすくめられていた。甘い、いかにも女らしい、そのうえ情の深そうな薫香が清少納言を包んだ。倒れないように彼女の身体を支えると、女房装束の上からもしなやかなやわらかさが伝わる。その間も、清少納言さまも聞いてくださいい、と前置きして再び同じ話を繰り返していた。

これは、なかなか痺《しび》れる展開である。和泉や、和泉や、汝《なんじ》をいかんせん。

「和泉式部。清少納言にしがみつくのはやめなさい」

と紫式部が和泉式部を引き離しにかかってくれた。

存外あっさりと彼女は清少納言を解放する。だが、まだぐずっていた。

紫式部はため息をつきながらも懐紙を渡す。和泉式部はありがと、と素直に懐紙を使っていた。

清少納言が居住まいを正していると、紫式部は文箱の上を整理して、和泉式部に向き直った。

「要するに、殿下としょっちゅう会えなくてつらい、ということですね」

するとまた和泉式部が涙目になる。「そうなの。そうなのよぉ～」

今度は紫式部に抱きつくことなく、しくしくと泣いていた。

「紫ちゃん、よく内容聞いてたね」

「聞き流すということができないたちなのです」

「ご愁傷さま。——ところで、その殿下って本当に『殿下』なの？」

紫式部が重々しく頷く。

「主上の第四皇子の敦道親王《あつみちしんのう》殿下です」

軽くめまいがした。

けんか相手ならさておき、恋愛対象としてそこまで行ってしまうのか。

いやさすがに〝清少納言〟といえども親王相手にはけんかは売らない、と思う。その領域にまで突き進んだ女房がいたのか。

「なるほど、これは『恋多き女』だ」

と小声で呟く。紫式部が今度は真面目に愚痴を聞いている。何だかんだ言って、面倒見がいいのだ。だいぶ引いていた弁の将だが、気がついたら一緒に相槌を打ち始めていた。

清少納言はみるこに水を持ってくるよう頼む――。

和泉式部の愚痴は四刻（二時間）ほども続いた。

ほーっと大きく息をついて涙を拭うと、彼女は笑顔を見せた。

「ありがとう。話を聞いてくれて。少し元気になった」

「それはようございました」と紫式部が平坦《へいたん》な声を出す。

「じゃあ、女御さまのところに戻りますね。紫式部もあんまりずっとこちらにいるとご迷惑でしょうからほどほどに」

ふんわりとした声でそう告げて立ち上がると、とろけるような笑顔で頭を下げた。いかにも男が鼻の下を伸ばしそうな、甘やかな笑いだった。

散々泣き散らかして勝手に元気になった彼女の足音がすっかり遠くなってしまうと、弁の将が呟く。

「行きましたね」

「ええ」

遠い目をした紫式部が、また歌を口ずさんだ。

ひと夜見し　月ぞと思へば　ながむれど
　心もゆかず　目は空にして

「――あの夜一緒に見た月と同じ月だと思えばしみじみ眺めるけど、心はそうはいかず、目は空を見ながら本当は上の空なのです、か。美しく華やかで、そしていじらしいほどの素敵な恋の歌ね」

と清少納言が鑑賞してみせると、同意するように紫式部は頷いた。

「ええ。本当に。――いまの、和泉式部の歌よ」

「……なるほど」

紫式部は深く重くため息をつく。

「いい歌を詠むのよ。でも、素行がいただけない」

清少納言だって衝撃を受けたのだ。生真面目で内向的な紫式部には、和泉式部が海の向こうからやってきたと言われても信じるほどに、生き方に差があったろう。

「アレを毎度やられたら、私でも書けない。ちゃんと最後は愚痴を聞いてあげる紫ちゃんはすごいと思った」

「不本意ながら」

「出て行く後ろ姿だって、全身から恋愛の情が溢れてたよね。恋をしなくなったら死ぬんじゃないの？　彼女」

私もそう思います、と紫式部が重々しく頷いた。「恋多き女」は侮れない。和を以て貴しとなすとは何と難しいことだろうと、気が遠くなる思いがした。すごい人がいたものですね、と弁の将が残っていた水を飲み干す。

自分などまだまだ世間を知らないものだ。今日は勉強になった。そんなふうに思ったのだが……。

その日から三日間、同じことが繰り返された。


和泉式部来訪三日目の夜。清少納言はとうとう定子に愁訴《しゅうそ》した。

定子は最初、目を丸くして聞いていたが、最後には珍しく声を上げて笑った。

「うふふ。和泉式部ですか。大変でしたね」

清少納言は定子の笑顔のために、いとをかしな話をいつも探しているが、このような形で笑ってもらうのは若干——というか、かなり——不本意である。

今夜も定子の周りには年かさの女房は少ない。何しろ「恋多き女」の話をしようとしていたので、昔ながらの女房たちが顔をしかめるような気がしていたからだ。それに、よその女房の批判めいた話になることも予想されたからだった。

「中宮さまは和泉式部をご存じでしたか」

「ええ。昼間、あなたがいないときに、中納言たちのようなずっと年上の女房たちが彼女の話をするときがあるの」

清少納言が悩むよりも先に、古い女房たちの格好の餌食《えじき》になっていたようだ。おそらく自分もそうなっているのだろうが、その場にいないときの人の行動にまでやきもきしているほど暇ではない。

「噂以上の方でした」と清少納言が告げると、定子は彼女を近くに呼んでさらに驚くべき事実を明かした。

「いま敦道親王殿下との恋に燃えてらっしゃるようですが、実はその兄上の為尊《ためたか》親王殿下とも情を交わしたとか……」

「あ、それは——」

清少納言は耳まで熱くなった。可憐《かれん》な花のごとき定子から生々しい男女の話を聞こうとは。それを語るときの定子の、大人の女を垣間見《かいまみ》させる眼差しと頬の上気。昼の暑さで汗をかいているのでいつもと定子の匂いも違うし。見てはいけないものを見てしまったような罪悪感があった。

何だかすごいですわよね、と含羞《がんしゅう》の定子が呟けば、清少納言の心臓が暴れ出す。

「ふふ。清少納言、真っ赤ですよ」

「も、申《もう》し訳《わけ》ありません……」としきりにくせっ毛をなでつけた。

「数ある妹背の、互いに何番目かなのかもしれませんね」

「私は何というか、愛されるなら常にいちばんでありたいと思います。そうでなければむしろ憎まれていたほうがいい――いつもそんなふうに思っています」

定子がまた含み笑いをしている。これ以上はいたたまれない。頭を冷やそうと定子の御前から離れ、廂《ひさし》の間の柱に寄りかかり、そばの弁の将を見て和む。

「さっきのいちばんでないと嫌というのは、まるで法華経《ほけきょう》こそ一乗の法と説かれるのと同じようですね」と弁の将。

乗とは乗り物の意味。仏法を衆生を苦しみの此岸《しがん》から悟りの彼岸へ渡す舟にたとえ、数多くの他の教えは方便であり、法華経こそがもっとも優れたただひとつの教えであると言っているのだ。

もちろん、先ほどのやりとりはそんな高尚な話ではない。

「弁の将は平和でいいなぁ」

「……何か微妙にばかにされていませんか」

その清少納言の肩に何かが当たる感触がした。丸められた小さな紙だ。広げてみると文字が書かれている。

《思ふべしやいなや。人、第一ならずはいかに》

愛そうか、やめようか。あなたは第一番でなかったら、いかがか？　――定子の筆跡だった。最後のやや格式張った問いかけは、弁の将の言葉が聞こえたからか。

ならばここは〝格式ある答え〟がいいだろう。

《九品蓮台《くほんれんだい》の間には下品《げぼん》といふとも》

極楽浄土の蓮《はす》の台である九品蓮台に身を置けるなら、もっとも低い下品での往生でも有り難い――定子に愛されるならいちばん下でもかまわない。

すると定子が苦笑する表情になった。

「あらあら。ずいぶん弱気になってしまったのね。初志貫徹しないと」

「――相手次第だと悟りました」

「それはよくないわ。第一の人に第一に愛されたいと願う。それがすばらしいのではないかしら」

「はあ――」

弁の将を含めて周りの若い女房が笑い声を上げた。

「ちょうど七夕です。織姫に願いをかけてみましょう」

定子の言葉に頭を下げながら、思う。いちばんに愛されても一年に一度しか会えないのはさみしい、低い順位でも毎日会いたい、それもひとつの生き方だとしたら、和泉式部の生き方もあり得るのかもしれない。

そんなことを思っていると定子が手招きした。近づくと、翁丸を撫でるように清少納言の髪に触れながら耳元にささやきかける。

「私は第一に想ってくれる人でなければイヤよ?」

優美で甘い定子の声に清少納言は陶然となってひれ伏した。

翌日、紫式部も和泉式部も乱入してこなかった。

明日は七夕。恋に生きる女房とはいえ、仕事は真面目にやっているのかもしれない。その代わり、面倒くさい人物が清少納言を訪ねてやってきた。

橘則光だった。

呼ばれて、みるこ、弁の将と共に後涼殿の局に行けば、少しでも涼を得ようと首元を開き気味にして檜扇《ひおうぎ》で風を送っている則光がいた。足も崩して背中を丸め、人の良さそうな顔の眉を垂らして参っている。夏の翁丸に似ていると思えばいとをかし。花山法皇の乳兄弟がこの有り様と思えばいとあはれ。暑がりなのは昔からなのだが、とみに中年めいた気がするのが、彼女に残念な気持ちを抱かせる。

今日はいつも連れている童の竹丸がいない。則光ひとりだった。

「暑いからと言ってあまりにもだらしないのではないですか」

と、夏の暑さも凍《こお》りつけとばかりに冷たい声を放《はな》ってみた。和泉式部や昨夜の定子とのやりとりで多少疲れているところへ、みっともない格好の男である。七夕の準備があるのに。和泉式部の襲来とは違う意味でげんなりした。

「ああ、清少納言か。暑いのは苦手だ。こう暑いと鴨川で泳ぎたくなる」

則光が気持ちだけ衣裳を直す。檜扇はまだ動かしていた。なお、檜扇はあおぐためにあるものではない。

「みっともないからやめなさい」

「俺が暑いの苦手なのは知ってるだろ？　知らぬ仲でもなし、少し大目に見てくれ」

その言い方がイヤなのだ。昔の関係はすでに終わっている。それにいまだに甘えるように、ずかずかと踏み込んでくるような態度は男の悪い癖《くせ》だと思う。こちらは素知らぬ顔で友人をやってあげているのだから、その距離で満足してほしいものだ。

「弁の将とみるこも一緒なので、あまりみっともない姿をさらされませんように。則光は一応、法皇の乳母子のひとりなのだから、法皇の権威まで傷つきます」

途端に則光がばたばたと姿勢を正した。

「おまえひとりじゃないのか」

「あなたさまの対応、ひとりでは心許《こころもと》ないので」

「几帳の向こうにいるから全然気づかなかった。――弁の将どの、みるこ、見苦しいところをお見せした。この通りだ」

と頭を下げれば、弁の将も「いえ……」とだけ小さく返す。

「夏は夏で暑いが、冬は冬で寒い。どちらも苦手なもので……」と則光が弁の将たちに言い訳するのを、「神仏の恵み、大和の美しい四季に感謝しなさい」と一刀両断した。

則光が微妙な表情になる。蟬の声と七夕の準備が賑やかに耳についた。

則光が話題を変える。

「今日はな、七夕の供物を届けに来たんだ」

「それはそれはお疲れさまでございました」

慇懃《いんぎん》かつ雅《みやび》に清少納言が礼を述べた。言外に言う。もうお帰りですよね？

そのくらいは則光にも伝わっている。

「七夕では何をお祈りするんだ？　やっぱり針――」

「恋の願いに決まってるでしょ」

と清少納言がきっぱり言い切ると、則光がわかりやすく動揺した。

「ほ、ほう……恋の――なるほど。ああ、そういえば、道長さまは字がきれいになるように願いでもかけようかとおっしゃってたなー。ああ、そうか。清少納言は恋の願いか……」

檜扇を意味なく開いたり閉じたりいじっている。

「あのぉ。たぶん嘘だと思います」と弁の将が口を挟んだ。

「あ、そう。嘘か。嘘なのか。ははは」

弁の将がバラしてくれたので、少しだけ本音を吐露する。

「しばらく恋はおやすみ。誰かさんでばかばかしくなったので」

「…………」

清少納言の皮肉が則光の心を串刺《くしざ》しにしたようだった。

「で、本日は何用でしょうか。ご存じの通り、現在の宮中は明日の七夕の準備でばたばたしていますので」

「ああ、そうだな。どうもおまえの顔を見るとくつろいでしまう」まるでこちらが悪いような言い方をしないでほしい、と思っていると、小さな瓶《びん》のような須恵器《すえき》を出した。「甘《あま》葛《づら》の液を煮詰めたあまづらだ。母の手作りなのだが、中宮さまがときどき削り氷を口になさると聞き及んだので持ってきた」

あまづらは甘茶蔓から取るものと、甘葛から取るものがあった。先日、定子の好意で分けてもらった削り氷にかかっていたあまづらは甘茶蔓からのもの。両者にあまり違いはないが、欲を言えば甘葛のあまづらのほうがなじみが深かった。

受け取った瓶を傾けて小指をつけ、味を見てみる。ほのかな甘さ。土の香り。どこか温かい気持ちになる甘みだった。

「これはこれは。ありがとうございます。きっと中宮さまにお届けします」

と、清少納言が礼を言うと則光は気をよくしたような声になる。

「ああ、よろしく頼む。——おまえも好きだったよな、削り氷。こっちで食べられたりするのか」

こういうのが〝ひと言多い〟というのだが、定子が喜びそうなものを持ってきてもらったので無下にもできない。

「高級なものだからね。主として中宮さまや女御さま方、あとは出仕して長い女房のお姉さま方や女官のみなさま方が優先。私たちのところまで来るかは運ね。秋の甘い柿《かき》もみんな好きそうだからそんな感じかもしれない」

そうかぁ、と則光が額の汗を拭った。秋の柿の甘みは、この時代でもっとも甘い食べ物のひとつだった。

定子が、出仕して日が浅い清少納言に削り氷をくれたのは、異例のことなのだ。

そのときだった。

「そこで話をされているのは清少納言どのですかな」

という男の声がした。道長の声ではない。道長以外に、このような場に首を突っ込もうとするのは誰だろう、と清少納言は弁の将と眉をひそめた。則光にいたっては見知らぬ男の声に複雑な表情を見せている。

簀子から顔を覗かせたのは、束帯姿の貴族、藤原公任《きんとう》だった。清少納言と同い年だ。小《こ》脇《わき》に多少大きめの荷物を抱えている。

かつては道長の父が「私の子供たちでは公任どのの影も踏めないだろう」と嘆き、道長が「影どころか顔を踏みつけてやる」と息巻いた人物である。その言葉通りというわけでもないが、権勢では道長に水をあけられつつあるものの、相変わらず詩歌では優れた人物として知られていた。いかにも貴族らしい、ゆったりした顔立ちと歌詠《うたよ》みらしい繊細そうな目元が人目を引く。ときどき、定子の兄・伊周のところへ来たり、ついでに定子に挨拶したりするので、初対面ではなかった。

「ああ、これはこれは。藤原公任どの」

と則光が多少ほっとした様子で頭を下げる。

「おや。橘則光どのもいらしたか。ああ、それで清少納言どの――」

どうやら噂《うわさばなし》話と邪推がひとり歩きしているらしい。とことん問い詰めてやりたいが、暑いので面倒くさい……。

「藤原公任さま、ごきげんよう。本日はいかがなさいましたか」

「文月に入っても暑いでしょう？　ちょうどよい山芋が手に入り、諸々にお福分けです」

そう言って、山芋を入れてきたという小脇の箱を見せた。山芋を包んできた茅と木の削りくずが少し床に落ちる。

「それはそれは。みなさまお喜びでしょう」

「喜んでほしいものです。主上が聞こし召せば、幸甚。ぜひ中宮さまにも」

「女御さまにも贈られたのではないのですか」と清少納言。

「いやいや、中宮さまにだけですよ。ぜひよろしく伝えてくだされ。それとなく、公任が持参した山芋だと添えていただけると……」

公任が商売人のような笑い方をする。はいはいと答えておいた。公任は「中宮定子さまに藤原公任からの差し入れだと名を売り込んでおいてくれ」と言っているのだ。

たぶん女御側にも山芋を贈っている。もしここに紫式部がいればきっと、「女御さまにひとつ……」ともみ手をしているのだろう。

悪い人間ではない。一生懸命なのだ。真面目で一生懸命だから、道長のようなずるができない。そのなかで生きていくためには、あちこちに顔を覚えてもらうほかないという処世術を編み出したのだろう。

外で鳥の鳴き声がした。

ふと、公任が含み笑いを漏らす。

「くく。女御さまのところにも山芋を持っていったと思っているのですね？」

清少納言は几帳越しだが衵扇で鼻から下を隠した。

「さあ？」

「白状します。女御さまのところにも献上しました」

「左様でございますか」

なぜ急にそんなことを言い出したのか。清少納言は余計な言質《げんち》を与えないように、じっと観察している。

「人間、これはという方に好かれず、別の方と縁ができることもありますからね。そのようなこと、ありませんか」

「和を以て貴しとなせ、と考えています」

公任がじっとこちらを見ていた。表情は笑顔なのに、目だけ笑っていない。

「あとは道長どののところへも持って行きましたよ」

「それも『縁』のため？」

「はっはっは。まあ、そんなところです」

「そういえば公任さまも藤原北家小野宮流でしたわね。同じ藤原北家でも道長さまとは違って」

「左様です。覚えていていただけたとは実に有り難い」

「たまたまです」

丹波がかくまい、道長に自由を認めさせた経俊の血縁だった。額の汗を拭っている公任を見ながら、苦笑がこみ上げてくる。経俊といい、公任といい、小野宮流は不器用な者たちの集まりなのだろうか。

公任が再び笑った。「一度、あなたとはお話ししてみたかったのですよ。道長どのを虚《こ》仮《け》にできる女房とはどんな方かと思って」

弁の将が眉をひそめる。清少納言がそっと手で制した。

軽く様子をうかがう必要はありそうだと思う。

「虚仮にするなんて畏れ多い。ちょっと敬して遠ざけただけです」

すると公任は目を細めた。「ははは。それはすばらしい。私も、こう見えていろいろと参内していますので、ときには見つけていただけるとうれしいですな」

彼の言葉の奇異な響きが清少納言の耳にこびりつく。

だがそれは一瞬のこと。公任はすぐに表情をあらためると「中宮さまにくれぐれもよろしく」と朗《ほが》らかに頭を下げた。彼は二、三のどうでもいい話を愛想笑いと共に披露すると、暇乞《いとまご》いをしてさっさと出ていった。

「いろいろ大変そうね」と清少納言が他人事そのものの口調で見送っている。

「公任どのも能力のある方ではあるのだがなぁ。普通の世の中なら――いや、あと十年前であれば政の頂点に立ってもおかしくないと思うんだよなぁ」

「十年前？」

聞き返すと則光が口をへの字にした。

「いまは右大臣道長どのが勢力を拡大している。でも、公任どのは小野宮流だ」

「で、各所に媚《こ》びへつらって出世の糸口を探し歩いている、と」

「身も蓋もない言い方をすればそうだ。小野宮流って、藤原実資もいるしな」

「実資さまと言えば道長さまの好敵手よね」

彼が書いた日記『小右記』には、道長の宴会でのありさまなども――ときに辛辣《しんらつ》なまでに、あるいは明確な批判の意思を込めて――克明に書かれているという。

「小野宮流に生まれたが自分は別に敵対していないぞと示しつつ、道長どのを出し抜く機会を窺う――まあ、そんなところだろう」

「ばかばかしい」と清少納言が言下に切り捨てた。「和を以て貴しとなす。野に咲く花のほうが自分の咲くべき場所と時を心得ているわよ」

「まあ、そう言うなよ。男として生まれたからにはやはり大望のひとつも抱くものさ」

「大望の中に自分を勘定に入れるからただの欲望になるのよ。天下一の政をしたいというなら、あれこれの欲があったらできっこないでしょ」

「そう言ってくれるな。欲望で燃えている夢だって男の夢だ」

「きっと真っ黒な煙で何もかも煤《すす》だらけになるのがおちよ。和を以て貴しとなすと言った聖徳太子はそんなお方ではなかったでしょ。則光もそんなに欲深な夢を持っているの？」

「俺には無理だよ」とあっさり答える。「ややこしい人間関係とか複雑な政の力関係とか、さっぱりわからん」

清少納言は声に出して笑った。「ふふふ。それでいいんじゃないの？　みんながみんな、欲望全開の願い事ばかりしたら、年に一度の逢瀬《おうせ》を楽しみにしている織姫と彦星がかわいそうってものよ」

と肩をすくめると、弁の将も同意するように頷いている。則光が水を飲み干した。

「さて、七夕の願い事、今年はどうしようかなぁ。……そういえば噂で聞いたことがある。道長どのは七夕の願い事で出世を願ったことはないらしいぞ」

「へえ。それは意外。さっきも字の上達を願うとか言ってたわね」

「七夕は字の上達にはいい機会だよな。七夕の朝に取れた里芋の葉の露で願い事を書けば恋や所願をかなえることができるというし」

蟬の声が一瞬止み、どこかへ飛んでいく音がした。

「ところで道長って字が汚いの？」

するとと弁の将がやや遠回しに答える。

「先日、紫式部から聞きました。男の人の字はあのくらいでもいいのではないか、と」

「なるほどね」

どうやらあまりきれいな字ではないようだ。

「きれいに書こうと思えば書けるんだとはおっしゃってるそうですよ」

「なら、きれいに書け。怠け者の言い訳は見苦しい」

程なくして則光が帰り、清少納言たちは局に戻った。

局に戻ると、弁の将が明日の七夕の願い事を書く紙を用意する。

「こちら、早めに書いてくださいね。みなの願い事を笹に飾るのも大事な準備ですから」

「はいはい」

「清少納言は何を願うんですか。やっぱり針――」

と弁の将が言いかけたところで、清少納言が激しく咳払いをして、心底、不機嫌そうな表情を作った。弁の将は苦笑いをしている。

清少納言が乱暴に頭を掻《か》いた。「針仕事って苦手なのよ」

弁の将がとうとう笑い出した。

「ふふふ。前に縫い物をしてたとき、みんなで誰がいちばん早いか競争したんですよね。清少納言、ちゃちゃちゃちゃちゃちゃーってかっこよく針を動かして『私がいちばんです』って縫い上げたんですけど、針をひっぱってみたらびっくり。糸がぜんぶ抜けちゃったんですものね」

「よく覚えているわね」

「ふふ。だって糸のお尻《しり》を結んでなかったなんて。何でもそつなくこなす清少納言らしくなくって、みんな大笑い。忘れませんよ。あははは」

そのときだ。簀子に人の気配がした。

清少納言が飛び出した。

簀子には紫式部が立ち尽くしている。

「紫……聞こえた？」

途端に紫式部が首を横に振った。

「い、いいえ。何も？」

と言いつつ、いきなり吹き出した。

「聞いたな……？」

「ふふふ。き、聞いてません。清少納言が糸のお尻を結んでなかったなんて。――ぶははははは」

「しっかり聞いてたじゃないか……ッ」

清少納言の唇がふるふる震える。清少納言は目を閉じてあさっての方向を向いていた。目を固く閉じ、試練に耐えるような表情である。

いらっしゃいませ、と紫式部を出迎えた弁の将がダメ押しをした。

「その前にも、着物を裏返しで縫っちゃったんですよ」

とうとう清少納言がキレた。

「だーっ！　命婦の乳母だって無地の布地を縫ったときに、早さを競うあまり縫い目ががたがただったじゃないっ」

「あはは。そうでしたね。それで命婦の乳母さまと言い合いになって、中納言さまと源《げん》少納言《しょうなごん》さまに怒られたんですよね。『急ぎなのだから、口を動かしていないでさっさと直しなさい』って」

清少納言が盛大に舌打ちをする。紫式部が狐《きつね》につままれたような顔で彼女を見つめた。

「歌とか楽器とか縫い物とかが女のたしなみなのは、わかってますっ。異論もございませんっ。でも苦手なものは苦手なのっ」

すると、なぜか紫式部が目を閉じて何度も頷く。

「清少納言も人間だった、ということですね」

「どういう意味よ!?」

「苦手なものは雷に縫い物。本当はあなたは出仕に向いていないのでは？」

これにはかちんと来た。

「あらあら。自分の殿舎にろくな友だちもいない、どこかの引きこもり作家のほうが出仕には不向きなんじゃないかしらね？」

紫式部の頬に怒りの感情が上る。

「何ですって⁉」

「あら。わたくし、誰のこととも言ってませんのに、どうして紫式部がお怒りになるのかしら。何か心当たりでもあるのかしらね。ほほほ」

紫式部が池の魚のように口をぱくぱくさせる。自分の想いを伝えるのに口で話すよりも紙に書くのを得意とする彼女にとって、舌戦で清少納言とやり合うのは荷が勝ちすぎたらしい。

「あのぉ。いま大丈夫でしょうか」

という控えめな声が簀子の向こうからする。みるこが削り氷を運んできたようだった。どこから聞いていたのか、びっくりした顔をしている。

「あらあら。今日もありがとう」

涼しげな削り氷に、いつものように承和色《そがいろ》のあまづらがかかっている。三つの金椀に分けられ、中宮さまからです、と申し添えられているのもいつもどおりだ。清少納言はさっさと匙を使い始めた。みるこがますますびっくりしている。

「そんなに慌てて食べたら頭が痛くなりますよ？」と弁の将が声をかけるが、彼女は止まらない。

「いいの！　食べて憂《う》さを晴らすのだから」

「高価な削り氷でやらなくても……」

「今日こそは紫ちゃんのぶんはなしよ」

別に結構です、と紫式部が鼻を鳴らした。「さっさと頭が痛くなってしまいなさい」

「——あれ？」

ふと、清少納言の動きが止まった。

「ほら、言わないことじゃない。頭が痛くなったんでしょ。みるこ、湯冷ましか何かを」

と言う弁の将に清少納言は手を伸ばして、指示を押さえる。

「ちょっと待って。頭、痛くないんだけど」

「あら。珍しい」

清少納言は小首を傾げた。自分でかき込んでおいて言うのもおかしいが、こんなに冷たいものを一度に食べれば頭が痛くなるものだ。なのに、なぜ——？

ひと椀を食べ終わってしまった清少納言は、もうひと椀を手に取って眺めた。見た目が少し違っている。いままでの氷が細かな粒だったとすれば、今日の削り氷は木を削ったような形をしていた。匙を入れる。見た目に反して固くない。匙を入れた感触が軽かった。

ゆっくりと口に入れる。

氷はほろりと霧のように消えた。

いとをかし。

積もっている雪を口にしてもこうはならないだろう。空から舞い降りる雪を直《じか》に口に入れたなら、こんな溶け方をするにちがいないと思った。

削り氷の食感が軽いせいか、あまづらの甘さと感触が舌に沁《し》みる。

「これ、いままでの氷と全然違う」

いままでにない削り氷、いとをかし――。

清少納言はいま試した金椀を弁の将に渡した。残るひと椀を、紫式部とみるこが味見してみる。

「たしかに食感が軽い？」

と紫式部が呟き、残るふたりも頷いた。

「それだけじゃないわ」と清少納言が猫のようなつり目を輝かせる。「ふんわりと軽くて、でも見た目が変わらないということは、明らかに量が少ないのよ」

「量が少ない？　食い意地がはっていますこと。もう溶けてしまったのではないのですか？」

と紫式部があきれたような顔をした。だが、清少納言は無言で紫式部が持っていた金椀を奪うと、軽く傾けてみせた。

金椀から、削り氷が溶けた水滴はひとしずくも落ちなかった。

「これは……」

「私たちの削り氷の量が少ないのはいいとして。中宮さまや女御さまのぶんが少なくなっていたとしたら——文句のひとつも言ってやらなきゃ。ついておいで、助手っ」

清少納言はその金椀を持って、局を出る。紫式部を引き連れて。膳司に向かうためだが、弁の将とみるこもそのままあとを追ってきた。

「清少納言。清涼殿や後宮の主立った殿舎では、明日の夜の七夕の供物や飾り付けに忙しいというのに、たかが削り氷で——」

「紫ちゃん、『韓非子《かんぴし》』を読んでないの？　『千丈の堤も螻蟻《ろうぎ》の穴を以て潰《つい》ゆ』——千丈（三キロメートル）もある堅固な堤も、小さな蟻の穴がもとでくずれる。小さなところもないがしろにしてはダメよ」

大勢の女房が荷物を抱えて忙しく立ち回っているなか、紫式部はうつむいている。みんなが忙しいのに、削り氷の量の多寡で文句を言いに行くのが恥ずかしいらしい。

供物を運んでいる女房とすれ違いながら、弁の将がこっそりとみるこに、「これだけたくさんあったら、ひとつくらい取られてもわからないかもね」と耳打ちしている。

清少納言はくるりと振り返った。

「弁の将の言う通りね。ひとつくらいなくなってもわからないみたい」そう言って彼女は左手を見せる。人差し指と親指の間に大角豆《ささげ》があった。「桃みたいに大きなものはバレるだろうけどこのくらいは簡単ね」

「何やってるんですか、あなたは」と紫式部が悩乱している。

「いま取ったのよ。こっそり」

「だから、何をやっているのかと聞いているんですっ」

「あ、この大角豆、ちゃんと戻しといてね、紫ちゃん」

「はい⁉」

「落ちてましたー、とかかわいらしく笑顔で言えば大丈夫」

どうして私が、と反論しようとする紫式部に大角豆を押しつけ、中の女官たちに声をかけた。

「ねえ、ちょっと聞きたいんだけど、今日の削り氷は誰が作ったの？」

膳司の若い女官がこちらにやって来る。「私ですが、何か問題が……」

不安そうな彼女に、清少納言は微笑みかけた。

「とてもおいしかったわ。頭も痛くならなかったし」

すると彼女は安心したように笑顔になった。

「そうでしたか。今日の削り氷、ちょっと新しい削り方をしてみたのです」

「そうなの？」量が減っていることには気づいていないようだ。

「はい。今日、氷の支度《したく》をしようとしていたときに、ある方が『口当たりがすばらしく、しかも頭が痛くならない氷の削り方がある』と教えてくださったのです」

「その方はどなた?」

女官が首をひねる。「あれ、どなたでしたっけ。私、人の名前を覚えるのが本当に苦手で……。山芋を持ってきてくださったのですが……」

清少納言は目を細めた。

「藤原公任どの?」

そうでした、と女官が小さく手を叩く。「ただ、溶けやすくもなるから急いで給仕せよ、とのことで。ひょっとして溶けちゃってましたか」

大角豆を返そうとうろうろしていた紫式部が振り向いた。清少納言は礼を言って膳司から出ると、みるこに再びお使いを頼んだ。

「ふふふ。この謎――いとをかし」

と清少納言がにやりとする。紫式部たち三人は「どこに謎があったのだろう」と首を傾げていた。

朝まだき、早くも気の早い蟬が鳴き始めている。今日も暑くなりそうだった。

東の空が白くなってきているが、見える風景はまだまだ青い。

都から少し西に離れたこの畑には大きく広げた扇のような葉がたくさん生《は》えている。蓮の葉に似ていた。だが、種類が違う。奈良に都があった頃から栽培されている芋の葉である。自然の中で取れる山芋に対して、家芋、里芋などと呼ばれるようになった。

その畑に似つかわしくない、狩衣姿の人影が動いている。

「大変だな……。畑中の葉の露を集めても、これは——」

まだ日も出ていないのに、額に汗をにじませていた。里芋の葉を振っても、それほどのしずくは出てこない。男は手を休めると上体を反《そ》らして腰を伸ばした。

「ああ、腰が痛くてたまらぬ。墨をするだけの量の露にはほど遠いなぁ。事前に仕込みをしなかったらどうなっていたことか」

そう呟いて、少し離れた葉のところへ移動し始めたときである。

「夏は夜だって言ってるのに、こんな早朝からご苦労さま」

「だ、誰だ」

「里芋の葉は蓮の葉に似て、清らかな雨水を受けてくれる。その露でもって七夕に願い事を書けば恋や所願をかなえることができる——道長のために朝からご苦労なことね、藤原公任さま？」

いきなり背後から声をかけられた男、公任がたたらを踏んで手にしていた露を落としそうになった。

気がつけば、地味めの壺装束の女性がふたり立っている。

「あなや。何者か」

「清少納言とその助手よ」

堂々と名乗りを上げると、背後で「誰が――」と文句を言いかけた紫式部を無視して、清少納言は軽やかに里芋の葉の間をすり抜けた。

「清少納言？　どうしてここに？」

「ちょっと知り合いの伝手でね」

みるこを膳司からお使いに出した先は則光のところ。則光に公任が行きそうな里芋の畑を探ってもらったのだった。

「一体何を――おまえ、何をする⁉」

と公任が慌てるが、清少納言の歩みは止まらない。

東の空に曙光《しょこう》が差した。

「お、あったあった」

と、清少納言のほっそりした白い指が、里芋の葉の上から何かをつまみ上げる。大角豆ほどの大きさのそれが朝日にきらめいた。

「清少納言、何それ――氷？」

と、紫式部が目をすぼめるようにする。

「そう。氷。ほとんど溶けちゃってるけどね。このあたりの葉を見てご覧なさい。きっと他にもいくつかあるはずよ」

「ちょ、ちょっと待ってくれ」と公任が慌てた。「何をしているんだおまえたち」

公任が狼狽えている間に紫式部が手早く葉を確認する。

「たしかに、氷らしきものがいくつかあります。でも、氷なんてどうやって」

彼女の後半の問いへの答えは後回しにして、清少納言は続けた。

「朝日が真っ先に当たって温まるあたりに氷を置いて、里芋の葉の夜露に見せかける。それをあとで道長と取りに来るつもりだったんじゃないの？　そのときにちょうど露のようになっているように氷を仕掛けた。けど、相手が道長だからいいけど――偽装した夜露で願い事がかなうかしらねえ」

すると公任は、額の汗を拭って人の悪い笑みを浮かべる。

「そんなこと、俺の知ったことか」

「あら」

「里芋の葉の露で願い事を書けばかなう？　そんな簡単に願いがかなうなら、人の世の営みも、僧侶たちの仏道修行も、大学寮の学問も、詩歌の勉強も、ぜんぶ無用になるわ」

清少納言は紫式部と顔を見合わせた。

「あなた、ずいぶん冷めているのね」

「道長が『里芋の葉の露で願いがかなうらしいな。字の上達を願ってみてもいいかもしれない』なんて顔に似合わずかわいいことを言うものだから、付き合わされてうんざりしているだけだよ」

「……ご愁傷さま。それでも出世のためには、ってところ？」

公任は氷のある里芋の葉のひとつを茎からちぎり、たまっている露で喉を潤した。

肩を揺らして小さく笑う。

「ふふ。氷があるとうまいな。——俺の家系は小野宮流。こいつがどういうわけか、道長と合わない連中が多くてな。藤原実資は、女御さま入内の折の屏風のために歌を詠むのを『そんな前例はないから』と断るし。気骨があると言えば聞こえがいいが、自分ひとりのことしか考えてない。だから、道長も事あるごとに小野宮流を目の敵にしようとする」

「そうね」

経俊のことが頭をよぎった。

「実資はいい。あいつは自分の才覚でそれなりに生きていけるだろう。けど、小野宮流には力のない奴だっている。まるごと道長に睨まれたらおしまいなんだよ」

たしかに経俊はそういった犠牲になったとも言える。

「だから、あなたは道長と融和する道を選んだ？　和を以て貴しとなすって？」

公任が肩をすくめた。

「そんなかっこいいものじゃない。この年になると、自分が政で腕を振るって、青史に名を残すような人間じゃないってわかってしまうものなんだ」

「………………」

「そんな俺でもなるべくいいめを見たいし、それが結果として小野宮流の生き筋を残せるなら有り難いことだと思う。だから、道長だろうと誰だろうと頭を下げ、贈り物をする」

その言葉を聞きながら、紫式部が複雑な表情をしている。

「公任さま……」

だが、清少納言は違った。

「ばかばかしい。嫌ならやらなきゃいい。そうやって自分が犠牲者面するのは恩着せがましいって言うのよ。結局、自分だっておいしい思いをしようとしているんだから。――ましてや、そのために中宮さまや女御さまが楽しみにしている削り氷を奪うなんて」

「え？　この氷、中宮さまたちの？」

と紫式部が眉をひそめたが、公任は肩を揺らして笑った。

「くく。気づいてたのか」

「もちろん。だって夏場に氷なんてそうそう手に入らないし。口当たりのいい削り方を教えて、その分浮いた氷を後宮からちょろまかすのがいちばん手に入りやすかったんでしょ」

「でも、どうやって——？」と紫式部。

「氷室と同じやり方で持ち出したのよ」

「氷室って、氷を保存しておく建物よね？　建物を準備したの？」

「そんな大がかりなことじゃないの。氷室で氷を保存しておくには、茅で何重にも包んだり、木の削りくずで覆ったりする。そうやって氷を持ち出したのよ」

「はは。ご名答」

と、公任が笑っている。

紫式部が小首を傾げた。

「茅や木の削りくずでなんて……あ、山芋」

「正解」

と、清少納言がにやりとする。

「くく。噂では聞いていたが、清少納言とは恐ろしい女房だ」

「お褒めにあずかり恐悦至極」

「どうしてわかったんだ？」

「削り氷の量が少なくなってた。けど、膳司ではそんな話が出なかった。つまり、氷はいつもと同じ量なくなっている」

「そう思わせるために、削り方をいろいろ苦心したのだよ」

「大きいまま持って行くなら難しいけど余った氷くらいなら持ち出せるかも。そのとき思い出したのよ。あなたが来たときに茅や木の削りくずをぽろぽろ落としていたのを」

山芋を持ってきた、と宣伝していたときだ。

「山芋が折れないように茅や木の削りくずで包んで持参したのでしょ？」

「そうよ、紫。でも、山芋を届けたのなら、そのまま渡してしまえばいいじゃない？　公任さまはそれらを持ったまま私たちの局に顔を出した。捨てるわけにいかなかったのよ。くすねた小さな氷を溶けないように茅などで包んで持って帰ろうとしていたから」

砕《くだ》けたか溶けかけかの小さめの氷をいくつか取ったのだろう。七夕の準備で忙しい女房女官たちの目を盗んで、清少納言が大角豆を取ってみせたように。

とうとう公任が大笑した。

「はっはっは。そんなときから疑われていたとは。恐れ入った。道長が小指で遊ばれるように虚仮《こけ》にされるのも頷けるな。で、どうする。道長に告げ口でもするか？」

「まさか。なんであいつの肩を持つようなことをしなければいけないのよ」清少納言はくせっ毛をくるくるやりながら、「好きにするといいわ。あんたがやったこれを里芋の葉の夜露として勘定に入れてくれるかは、七夕の星々が決めることだもの。ところで、わからないことがあるんだけど」

「何だ？」

「どうしてわざわざ後宮から氷を盗むなんて手の込んだ真似をしたの？　その辺から水でも汲《く》んで里芋の葉にかければよかったじゃない」

するとと公任が初めてそのことに気づいたとばかりに手を打った。

「なるほど。そうすればよほどに楽ができたな。次からはそうしようか」

「ふふ。あなた、意外と食えない人なのね」

公任がにやりと笑う。

「一応、相手は右大臣だからな。多少は手の込んだことをしないと、雅でない」

「本当にそれだけ？」

と清少納言が斜めから公任の目を覗いた。

「それだけ、とは？」と、にやりとしている。清少納言をすばらしいと褒《ほ》め称《たた》えたときの顔だ。彼女は確信した。

「私が気づくか、試していたのでしょ？」

「――ほう？　それこそ、どうしてそんな真似を」

「自分で言ってたじゃない。見つけてくれ、って」

「…………」

「あなたに言わせれば、私は〝道長を虚仮にした女〟。その女を出し抜けるか、あなたは試してみたのでしょ？」と清少納言がさらりと指摘する。

公任が再び高く笑い始めた。

「はっはっは。すばらしい。すばらしいぞ。たったあれだけのやりとりできちんとここまで見つけてくれた。何という才知。何という洞察」

「まさか、道長の敵討ちでも企んでた?」と清少納言が尋ねる。

「おぬしはどう思う?」

彼女も手の甲を口元に寄せて笑った。

「ほほほ。そんな殊勝《しゅしょう》な心はないわよね? もう呼び捨てだものね。あるのは道長への対抗心。藤原北家小野宮流がどんなに背伸びをしても、もはや道長に政の世界で勝てる見込みがなくなった——そう考えたのでしょ? だけれども、道長も人間。弱点がある」

現在のところ、道長の最大の弱点は〝清少納言〟だというのが都のもっぱらの噂と言ってよかった。

「それで?」

「政の世界ではなく、私に勝つことで溜飲《りゅういん》を下げたい——公任さまはそう考えたのではありませんこと?」

不意に公任が手をたたいた。

「はっはっは。すばらしい。さすが道長を虚仮にした女房だ。女にしておくのはもったいない」

その表情はどこか恍惚《こうこつ》とさえしている。清少納言の言葉を借りれば、道長に対して自分の敵討ちをしてくれたとでも言いたげな、屈折した尊敬のまなざしだった。

「ありがと。けれども、女だから――男とは違う世界に生きているから見えるものがあるのよ？」

「なるほど。がんじがらめの男の世界に生きていない強みというものか。だが、われわれはその〝がんじがらめ〟そのもので生きているようなものだ」

「それが藤原氏の矜恃《きょうじ》？　そのせいで里芋畑で汗まみれで」

「まったくだ。次に生まれ変わるときには、藤原氏には生まれたくないものよ」

「あんたの愚痴も聞いてやりたいけど、露がみんな消えちゃうわよ？」

「おっとこれはしたり。それで、今回は見逃してくれるのか」

と公任がおどけてみせた。清少納言が髪の毛をくるくるする。

「見逃してやっても構わないわ。ただ、その代わり――」

と清少納言が猫目をきらりとさせた。紫式部が不審そうな顔をしている。

朝日はすっかりあたりを照らし、残っていた氷は溶けて夜露と混ざっていた。

夜になった。濃紺の夜空には乳をたらしたような天の川がかかり、織女星と牽牛星が輝いている。

登華殿の定子の御座所には、大勢の女房や道隆・伊周などの貴族たちが七夕の祭りに訪れていた。後宮のあちらこちらに顔を出す貴族も多く、珍しく入れ替わり立ち替わり男たちが出入りする。おかげで女房たちははしゃぐ者もいれば、緊張して七夕どころでない者もいて、なかなかに賑やかだった。

「あのぉ。男の方が多過ぎですね」

隅《すみ》っこで弁の将が清少納言に訴える。

「まったくね。これでは静かに夏の夜を楽しめやしない」

と、柱にもたれて貴族たちの動向を眺めていた。中宮定子の周りは賑やかだ。几帳越しなので定子の様子がわからないのだが、疲れていなければいいと思う。

管弦が加わり、談笑は続いた。

夜になったとはいえ、まだ昼間の熱気が殿舎のそこかしこによどんでいる。

そこへみるこたち数人の女童がやってきた。

「七夕の夜に涼をと、藤原公任さまから差し入れでございます」

定子以下、女房たちに削り氷が配られる。器の数が足りないので金椀ばかりではないし、ひとりひとりの量はあまり多くないが、そのぶん器を多めに用意し、貴族たちにも配られていた。

「ほう。公任さまが」

「なんでも後宮じゅうに差し入れとか」

「暑い夏の夜に何と雅な」

ほろりと口の中に涼しさをもたらす氷にみなの顔がほころんでいた。

「みんな、喜んでますね」

と弁の将が氷を手にささやく。

「男たちの出世のために、中宮さまはもちろん、後宮の女房女官たちの夏の楽しみを奪われてなるものか」

と、わざと険しい顔になって宣戦布告するように言ってから、清少納言は削り氷をおいしそうに口に入れた。すっと汗が引く。

……今朝方、里芋畑で公任と対峙《たいじ》した清少納言が持ちかけたのが、「七夕の歓談にあわせて、後宮の各殿舎に削り氷を差し入れろ」だった。

「悪い話ではないと思うけど？　ちゃんと『藤原公任さまから差し入れ』と女童たちに言わせるし。ただし、自分のお金と伝手で早急に氷を入手してね」

「くく。いとをかしとはこのことよ」

「恩も売れて名前も売れる。あなたの狙いどおりじゃない。それとも、中宮さまの削り氷をちょろまかした犯人として告げ口されたほうがいい？」

「告げ口は困るな」と言って公任はにやりとした。「そんなことで失脚しては、おぬしともう一度知恵比べができぬではないか」

かくして、公任は大慌てで里芋畑をあとにするはめになったのだった。


几帳の向こうの定子が清少納言を呼んでいる。

削り氷を弁の将に渡した。貴族たちの好奇の視線を祖扇で受け流しながら几帳に入ると、定子がやわらかい笑みで出迎えてくれた。

「ごちそうさま。これ、清少納言が考えたのでしょ？」

織姫もかすむばかりの可憐な追及者をまえにして、あっさりと口を割った。

「中宮さまのおっしゃる通りにございます」

「きっとまた、いとをかしな出来事があったのでしょうから、聞かせてね」

「はい」

ところで、と定子が自分の削り氷を手に、こちらに近づく。

「ちゃんと清少納言のぶんはありますか？　足りないようならこれをあげますよ。私の食べかけで申し訳ないのですが」

と上目遣いに自らの器を差し出した。

「畏れ多いことでございます。ちゃんといただいています」

清少納言の声が聞こえていなかったのか、定子が自分の削り氷を匙ですくって「あーん」とする。清少納言が氷像と化した。削り氷でせっかく引いた汗が、どっと噴き出《ふ で》る。

一体どうしたらいいのか……。

清少納言は硬直していた。定子が、弁の将に預けてきた清少納言の削り氷に気づく。

「あら、まだあったのね?」と身を戻す。ひょっとして私はもったいないことをしたのかと清少納言は一瞬悩んだ。

ともかくも、少し冷静さを取り戻した清少納言が、両手をついた。

「昼の暑い盛り、中宮さまにはこれからも必要なときに必要なだけ削り氷をご用意していますので」

後宮すべての殿舎への差し入れは今夜だけ。しかし、定子のところにはこの夏、氷がたっぷり届くように公任に手配させてある。公任の知恵比べとやらは、厄介だからいつでも粉砕してやるつもり。

だが、これは七夕の夜の織姫と彦星にも内緒の、清少納言だけの秘密だった。

第三章　七月の文の想《おも》い人

七夕が終わり、数日の平穏が戻ってきた。

すぐに十五日に行われる盂蘭盆《うらぼん》が控えている。

盂蘭盆は諸仏を供養し、死者の御霊に回向して慰める行事だった。いわゆる「お盆」である。仏事として、入念な準備がされていた。

まだまだ蟬は鳴き止まず、殿舎はもうもうと暑い。

後宮をあちこち歩き回って用件を果たしながらも、つい気が緩《ゆる》むと愚痴が出た。

「結構、しんどいものなのね。後宮の七月」

出仕して初めての文月である。実家であれば、着る物も薄い物にして桶に水を汲んで足を冷やしておくなどできるが、後宮ではそうはいかない。

「しんどいんですよ、七月」

と弁の将の笑顔が汗で光っていた。だが、目は笑っていない。夏バテ気味のようだった。

「秋のはずなのに……。夕暮れが恋しい」

「異論ありません」

昼の暑い最中、勤めが一段落して局に戻り、柱にもたれた。元気な若い貴族は蹴鞠をしているが、気分が悪くならないのだろうか……。

都は盆地だ。暑さが都の上にそのまま覆《おお》い被《かぶ》さっているのである。

太陽の光に当たるだけで疲れた。今日の勤めを手早く切り上げて、局に退散する。

日が西に傾きはじめ、強い白光が局に差し込む頃、紫式部がやってきた。

「暑いわね」と紫式部。

「暑いわよ」と清少納言。「その暑いところになんでわざわざ来るのよ」

「暑いからよ」

答えになっていない答えを言うと、紫式部はまたしても文机のまえに腰を下ろす。

「なお暑い。登華殿と、あんたの女御さまの飛香舎ではそんなに違わないと思うけど？」

「飛香舎は登華殿の西でしょ？　これからの時間、西日がきついの」

言外に出て行けと言っているのだが、なかなかに今日は面の顔が厚い。そのせいでさらに暑いのではないか。今日は久しぶりにこの局で『源氏物語』を書くつもりのようだ。

暑くて、もうどうでもよくなってきた。

その紫式部は背筋を伸ばして筆を執ろうとして、やめた。

「どうしたのよ」

「……双六《すごろく》でもしない？」と言葉少なに紫式部が誘う。

清少納言は怪訝な思いで彼女を見返した。

「身体の具合でも悪いの？」

「暑くてさすがに書く気にならないのよ」

だったら出て行ってくれと思うのだが、口には出さない。和を以て貴しとなす。清少納言は襟元を緩めてくせっ毛をいじりながら、

「大変ねぇ。『源氏物語』なんて抱えてると。私の『枕草子』みたいに、書きたいときに書きたいだけ書けばいいのに」

「表現形式の違いです」紫式部はさっさと文箱を閉じてしまった。「今日はおやすみです」

「おやすみというなら、自分の局に戻ったら……って、友だちいないか」

清少納言はいつもののりでいじっただけなのだが、途端に彼女の肩がこわばった。

「――この間も何か誤解があったようですが、友だちなら、います」

固く唇を引き結んでいる紫式部を見て、清少納言は態度をあらためた。

「ごめん。私が悪かった」

「なんでそこで謝るんですか」

「暑さでちょっと口が過ぎたの。許して」

「ちゃんと友だちはいるんですから。小少将《こしょうしょう》の君と大納言の君の姉妹とか」

「もういいよ。そんなに自分をいじめないで」

「どういう意味ですか⁉」

後宮の才媛ふたりが女童のような言い合いを展開している。

弁の将が碁盤を持ってきた。

「よいしょっと。双六はどなたかがお使いのようなので、碁盤を持ってきました」

碁盤を置いた弁の将が息を大きくつく。

「弁の将？」

「暑さにバテ気味の身体には碁盤の重さが応えたのです」

「……碁ですか」と、紫式部が声を低くし、少し離れた。

「自信がないの？」

「今日は双六の気分でした」

弁の将が吹き出す。「清少納言みたい」と思わず呟き、ふたりから睨まれていた。

「でも、まあ、あんたがわがままっぽい台詞を言うなんて」

「何か変な物でも食べましたか」

と弁の将が懲りずに追及する。

紫式部はわずかに後ろに下がった。

なぜか彼女はぎくりとした表情になっている。

「そ、そんなわけないじゃないですか」

「……あやしい」

「あやしくありません」

「ひと言ひと言が短いし。さっきから遠くへ行こうとするし」

清少納言は膝をついて彼女に近づくと、鼻をうごめかせる。

「な、何ですか。翁丸みたいに」

普段なら、犬扱いされたことに対して抗議しそうな清少納言だが、眉をひそめて言った。

「くさい」

弁の将が妙な顔になり、紫式部がぎくりとしたような顔になる。

「くさい？」

「弁の将はそう思わない？　何かこう、独特の生臭さというか」

ふたりが臭《にお》いを嗅《か》ぐ仕草をし始めた。

後宮では肉類を口にする機会は滅多《めった》にない。魚も塩蔵品がほとんどで、量もそれほどではなかった。そのため、沐浴《もくよく》の頻度が低くても薫香で十分なほど体臭が薄い。むしろ薫香にこそ人柄《ひとがら》が出るので、香り美人の存在もあったほどだった。

いま清少納言が察知した臭いは明らかに薫香によるものではない。

「命婦のおとどが食べた魚の臭いでも漂っているのではないですか」と紫式部。

「私、魚なんてひと言も言ってないけど？」

「…………」

しきりに鼻を動かしていた弁の将も「そういえば……」と言ったところで、紫式部が自白した。

「――食べました」

「え？」

「私、鰯《いわし》を食べましたっ。文月の暑さにバテた体に精をつけようと思って。焼いたときの臭いが残ってたんだと思います。ごめんなさい」

と、紫式部が真っ赤になってまくし立てる。

「ああ、鰯を焼いた臭いか」

「だから今日は双六にしたかったんです。双六なら適度に人とはなれていられるし」

「飛香舎ではもうバレたのね？」

紫式部の頰が引きつった。

「みんなにバレないようにと思って、邸に戻ってこっそり食べたのに。すぐに道長さまには見つかるし、和泉式部には鰯をたかられるし、いまも清少納言にバレるし……」

「――どうしてそこで和泉式部？」と清少納言が目をすがめる。

「たまたま後宮から下がって道長さまの邸の土御門殿《つちみかどどの》にいたのです。そうしたら、『私も鰯、大好きなんです』とか言って一匹持っていかれたの」

まるで猫だった。

清少納言が自分の猫目を動かして慰める。

「ま、でもいいんじゃない？　この暑い時季に食べたい物を食べる元気があって、それで暑さに対抗できるなら」

「でも暑いものは暑いですけどね」

と紫式部が苦笑しながら白石を引き寄せた。

「弁の将も鰯でも食べたら？」と清少納言が黒石を持つ。

「鰯……あまり好きではないです」

「じゃあ、鰻《うなぎ》は？」

弁の将に　吾《わ》れもの申す　秋痩せに
　よしといふものぞ　鰻《むなぎ》とり食《め》せ
――弁の将にもの申す、秋痩せにいいそうだから鰻を取って食べなさい。
清少納言が歌の形で諧謔《かいぎゃく》を口にした。もととなったのは『万葉集』にある大伴家持《おおとものやかもち》の歌だ。「石麻呂《いはまろ》に」というところを、弁の将に置き換えたのである。

すかさず弁の将が歌で答えた。

瘦す瘦すも　生けらばあらむを　将やはた
　鰻《むなぎ》を漁《と》ると　河に流れな

——この暑さで瘦せても生きてたほうがいい。鰻を捕ろうとして川に流されたら大変だ。

鰻は苦手です、と弁の将が付け加える。いま彼女が口にしたのは先ほどの大伴家持の歌と対になっている歌だった。その機転に清少納言と紫式部が涼やかな笑みを返す。

「ふたつ併せて『瘦せたる人を嗤《あざわら》う歌二首』。大伴家持って人は、本人も瘦せてたらしいけど、性格悪いわね」

「『万葉集』最大の歌人に何てことを」

「選者のくせに、『万葉集』の最後のほうなんて自分の歌ばかりじゃない」

簀子を軽やかに歩いてくる音と共に、みるこが局に来る。手に何か焼いたものをのせた高坏《たかつき》を持っていた。変わった臭いが漂い、紫式部は小首を傾げる。

「ひっ。蛇ぃっ」

と、覗き込んだ弁の将が飛び上がりそうになる。

「清少納言さま。お持ちしました」

と言うみるこの声が鼻声だった。

「あら、風邪？」と紫式部。

「いえ」

と、みるこが小さく頭を振り、口で呼吸をしていた。首を伸ばした紫式部は高坏の上から平常にない臭いを嗅《か》ぎ取《と》り、さらにのっているものを見て納得する。

「ああ、鰻を持ってきたの」

鰻は、胸のところが黄色いので「胸黄《むなぎ》」とも言われた。都でも暑さにまいった体によいとされている。食べ方はいくつかあった。丸のまま焼くのがいちばん簡単で脂もたっぷりだが、そのぶん臭いが強くなる。

貴族の間では白蒸しにして塩をつけて食べるのが好まれるそうなのだが……。

持ってきた高坏の鰻は、丸のままぶつ切りにして焼いたものだった。

見た目は適当な長さに切った蛇のようにも見えた。身を開かないで焼いているから、鰻独特の皮目が目立つ。

「見た目、やっぱり蛇ですよ⁉」

「蛇じゃないよ。う・な・ぎ」

「どっちもにょろにょろですっ」

高坏を置いたみるこが手早く礼をして身体の向きを変えた。やっとという調子で息をつく。独特の脂臭さを嗅がないようにずっと鼻を使わないでいたらしい。

みるこが出て行くと清少納言がにっこりと弁の将に笑いかける。

「弁の将がバテ気味みたいだなーって昨日くらいから気になっていたのよ。だから、膳司に無理言って鰻を焼いてもらったの」

「ありがとうございますっ。お気持ちだけで結構ですっ。うわ、くさっ」

逃げ出そうとする弁の将だが、清少納言のほうが早かった。

「大丈夫。くさくない」

「くさいです！　中宮さまも伊周さまも鰻の脂の臭いを苦手とされてますっ」

「何言ってるの。これで精がつくんでしょ？」

せめて白蒸しにして臭いを落としてくれれば、という弁の将の叫びもむなしく、清少納言は強引に鰻を食べさせる。

紫式部は見なかったことにすると同時に、鰻の臭いがつかないように簀子に開け放たれたところへさりげなく移動した。


一刻ほど経つ。清少納言の局は静かだった。外で鳴いている蝉の間を縫って、ときどき碁石を打つ音と弁の将が鼻をすする音がしているだけだ。

たまに思い出したように風が吹いていた。

よって、暑い。

「紫式部、結構強いわね」

と清少納言が唸る。手堅く固めながら攻めてくる紫式部の手筋は予想以上だった。

「あなただって。自由奔放、変幻自在、融通無碍《ゆうずうむげ》。碁には人柄が出ると言うけど、本当ね」

自分とはまるで違う戦い方をする清少納言にだいぶ頭を悩ませている。

「あのぉ」と弁の将が涙目で訴えた。「おふたりとも、無理やり鰻を食べさせられてかえって心身を消耗した私に、何かひと言ないのですか」

音高く黒石を打った清少納言が、

「これで精力増進間違いなし。よかったわね」

「若干、鰻くさいのが玉に瑕《きず》ですけど」と紫式部が盤上を睨んだまま答える。

「ううっ。今日はもう誰にも会えません。中宮さまの御座所にも上がれないかも」

気にしすぎよ、と清少納言が笑ったときだった。

「いま、よろしいですか」

と、みるこが顔を出した。

「どうぞ。——あ、これ間違えたかも」と清少納言。

「あ、碁の最中でしたか。ごめんなさい」

「大丈夫よ。清少納言が打ち損じただけだから」と紫式部。

「こっからが本気よ。――で、ごめんね。用件は？」

と清少納言が言うと、みるこは珍しく弁の将に向かって言った。

「弁の将さまにお会いしたいという方がいらっしゃってます」

目尻を拭った弁の将が、目をぱちぱちさせる。

「はい？　私ですか」

「伴国保《とものくにやす》さまです」

清少納言がくせっ毛をいじった。

「伴ということは、大伴氏の流れね。鰻に縁があるんじゃない」

「鰻はもう忘れましょう？　それで、伴国保さま……伴国保さま……」

「弁の将さまの母方の遠い姻戚《いんせき》に当たる、とおっしゃっていました」

碁の長考をするように頭を抱えた弁の将だったが、不意に顔を上げた。

「あーあー、思い出しました。母方の大叔父の北の方の親戚《しんせき》の方を妻に迎えた方のいとこ」

「……それを姻戚と呼んでいいの？」

「まあ、私の家のような無名のところはみんなで肩を寄せ合っていないと生きていけないのですよ。和を以て貴しとなす、です」

弁の将は立ち上がるとみるこの案内でその遠縁の姻戚のところへ向かう。

その背中を無言で見送っていた清少納言だが、摑んだ石を戻して紫式部に持ちかけた。

「ねえ、紫ちゃん。あとを追ってみない？」

「およしなさい。他人様の事情にあれこれ首を突っ込むものではないでしょ」

「他人様の局に入り浸ってて言える台詞かしら。……ほら、行くよ」

と強引に紫式部の腕を引っ張る。

「な⁉　せっかく勝てそうなのに。あなた、自分が負けそうだから逃げようとしてるんじゃないでしょうね」

「失礼な。碁ならあとでいくらでもしてあげるから。早くしないと見えなくなる」

慌ただしくも音を立てないように簀子を急ぐ清少納言。紫式部もそれにならう。何かしら「をかし」のにおいを清少納言は嗅ぎつけたのだ。鰻の臭いほど強くないが、確実に思える。中宮定子に捧げる話にもなりそうだ。

◇◇◇

ふたりのどたばたは、他の局の遊びの声でかき消されていた。

みるこに案内されながら、弁の将はだんだん緊張してきた。

簀子が熱い。思えば、清少納言あるいは紫式部の同行ではなく、自分ひとりで男の貴族と会うのは久しぶりだった。

さらに深く思えば、自分を名指ししてきた伴国保なる人物の顔がさっぱり思い出せないのだ。そもそも会ったことがあるのだろうか……。

「みるこ」

と、少し前をゆく女童に声をかけた。

「はい」と尼そぎの髪を揺らしてみるこが振り向く。つややかな黒髪で、きっと将来は美人になるだろうと清少納言とよく話している。

「その、これから会う方のところなのだけど」

「あ、お水はすぐに用意します」

まだ小さいながら気働きに優れたみるこに、自然と笑みが浮かんだ。

「ふふ。ありがとう。お水もそうなのだけど……できればしばらく一緒にいてほしいの」

「はあ」

「どんな方か、遠縁過ぎてやっぱり思い出せないのよ」

こういうとき、清少納言なら堂々と乗り込み、相手と対等に——場合によってはけんもほろろに突き放して——話をするのだろう。自分には真似できない。真似しなくていいのかもしれないけど。

「では先にお水を取りにいってから局にご案内しますね。少し回り道してよろしいでしょうか」

「もちろんよ。私のほうこそ悪いわね」

水を持ったみること共に、後涼殿の局の几帳に入った。

「お待たせしました。弁の将でございます」

衵扇できちんと顔を隠しながら、几帳の隙間に見える顔を観察する。年齢は四十歳過ぎというところか。先ほどの石麻呂ではないが、ずいぶん痩せている。そのせいで額のしわが目立った。鼻筋は通っているが、口ひげがあまり似合っていない。日焼けした肌は、残暑のせいだけではなく、これまでの職歴で屋外にいることが多かったのを示しているように思えた。何かしら悩んでいるような表情はもともとだろうか。地味なこしらえの束帯を身につけている。総じて、どこかしら暗い雰囲気の中年だった。

記憶の糸をたぐるが、うまくつながらない。

「お忙しいところ恐縮です。伴国保です——と言っても、覚えてらっしゃらないでしょうな。ははは」

と、国保が笑った。どこか自嘲するような頰の動かし方だ。覚えてらっしゃらない、と「い」が抜けているのは、話し方の癖だろうか。

「は、はあ……」

曖昧な答えになってしまった。国保は、みるこの出した水を恐縮しつつ飲み干して、

「あなたの裳着《もぎ》のときに、一度だけお邸にお邪魔しました。当時は大蔵省《おおくらしょう》にいましたから、それなりに格好もついたものです」

しばらくのちに国司になったものの病を得て帰京。昇殿は許されたままだが、いまは外で身体を動かす役目をぼちぼちやっているとか。屋外の役目ではあるが誰もやりたがらない一種の閑職だろう。

「左様でございましたか」

裳着のときの来客にいた、と言われれば見覚えがなくもない。だが、いきなり打ち解けるのは諦《あきら》めた。裳着のときなんて、自分のことで頭がいっぱいでたくさんいた来訪者をぜんぶ覚えてなんていられない。

そばの簀子を、内侍司《ないしのつかさ》とおぼしき女官たち三人が談笑しながら通り過ぎる。三人は定子の兄・伊周を話題にして談笑していた。美男で知られる伊周である。女房女官が話題にするのは珍しくなかった。だが、「このまえ書いた恋文を読んでもらえただろうか」などと生々しい内容となれば、穏やかではない。国保のことを忘れてそちらを見てしまった。

三人とも知っている顔だ。そのうちのひとりと目が合った。三十過ぎのその女官、紀伊《きの》内侍《ないし》は眉間にしわの刻まれた化粧の濃い顔に愛想笑いを浮かべて目礼していた。

女官たちが過ぎてしばらく経ってから、国保が口を開いた。

「あなたはいまはたしか……中宮さま付きの女房でらっしゃるとか」

「はい」

再び沈黙。蟬の声、管弦の音。向こうで聞こえるのは偏継ぎの遊びか。室内で小弓をしているような声も聞こえた。みるこがいてくれてよかった。ぶつぶつと切れる会話では間が持たない。

「そこで、恥を忍んでお願いしたいのだが……」

「はい」

国保の顔がこわばっていた。まるで背後から殴打されたような表情である。

「怖い顔ね」という声。

おや、と見知った人間の声を聞いたような気がして、弁の将は周囲を見回した。

「ちょっと、押さないでください」

「見えにくいんだもの」

という、よく聞き慣れたふたりの声がする。覗《のぞ》き見《み》に来たのだろうか。

だが、不思議に心が落ち着いた。

「何か、私でお手伝いできることがございますか」

弁の将の側から尋ねると、国保が焼けた肌を赤く染める。

「あ……ええ。実は――」

「はい」

「最近の、いや――衣裳に薫香を焚きしめる火桶《ひおけ》を貸していただきたい」

弁の将は内心で首を思い切り傾げた。衣裳に香りをつけるのは男女を問わず礼儀である。だから、必需品として薫香を焚きしめる道具はどの家にもあるはずだった。

もちろん、後宮にもある。

「火桶、ですか。――まあ、お貸しできるものがあるか見てきますが」

とにもかくにも火桶を探そうと立ち上がりかけたときだった。

「あらあら。こんなところにいたんですね」

あのふたり以外の声がして、ぎょっとなる。ふんわりとしていながら不意打ちをする声。たしか……。

「い、和泉式部。どうしてここに」

「鰯のお礼を言いたくて探してたんです。清少納言さまもごきげんよう」

「鰯の件はもういいです。それよりいまは――」

「こちらに何かあるんですかぁ？」

と声が高くなった。国保が深刻そうな顔でそちらに顔を向ける。「ち。あっちもこっちも怪しいし、隠れてられないか」という小さな声と共に、局に差し込んでいた強い日差しが遮《さえぎ》られた。

「ほほほ。初めまして。清少納言と申します。弁の将にはいつもお世話になっています」

衵扇で顔を隠しながらだが、きっぱりと名乗りを上げる姿は聞き間違えようがない。上から降ってくるような高めの声なのに、妙に心地よかった。

逆光なのでこちらには暗い影を差して見えるが、いつもの凜々《りり》しく自信に満ちた立ち姿。

彼女が来たということはひょっとしたら何か揉《も》めごとの種を察知したのかもしれない。けれども、観音菩薩のようにすらりと立つ姿を見れば、解決しない問題などなにもないと思えてくるから不思議だった。

けれども、うだつの上がらない中年貴族には、少々刺激が強すぎたらしい。

「清少納言、どの――!? あの、道長さまをアレしたという」

〝アレ〟がどれだか気になるが、清少納言は聞き流した。

国保に言葉の真意を確かめようとしたが、それは不可能だった。闖入者《ちんにゅうしゃ》に驚愕し恐怖している彼は、後ずさりして逃げようとしていた。

しかし、局の入り口に清少納言が立ちはだかっているから、もはや逃げられない。

逆光のなかでもそれとわかるほどに清少納言の猫目が笑っている。まさに獲物の鼠を見つけた猫の目そのものだった。

◇◇◇

清少納言は膝をつき、できる限り慇懃に頭を下げた。

「お聞き及びとは恐縮しますわ。あと後ろにおりますは、助手とその仲間」

「ちょっと、清少納言！　私はあなたに引っ張られただけで」

「その仲間の和泉式部でーす」

苦い顔の紫式部と、夏の盛りの緑のように元気な和泉式部に、国保のほうが倒れそうになっていた。

「な、な、な……」

国保は、予想していなかった状況に後ずさりしようとしているが、

「たまたま、ほんとにたまったたま通りかかったところ、弁の将の声が聞こえましたので話を少しだけ聞かせていただきましたの。何でも火桶がご入り用とか」

逃げ出す暇も与えず、清少納言が慇懃にまくし立てる。

「あ、いや、その……」

「もちろん後宮にはたくさんございます。けれども、不思議に思いましたのよ？　火桶なんておうちに帰ればあるに決まってますもの。たぶん弁の将も疑問に思っていると思いま

すのよ?」

几帳の向こうで弁の将が首を激しく縦に振っていた。

「まあ、そうなのですが……」

「ここは内裏。主上のいますところ。事と次第によっては、蔵人なり検非違使《けびいし》なりを呼ばねばなりません」

「いや、私は──」

深刻そうな顔の国保がますます深刻そうになる。進退窮《しんたいきわ》まったという面持ちで額の汗を拭っている。

「さあ、何に使うつもりだったか、きりきり白状なさいませ」

清少納言が声高に下知《げじ》した。国保が池の魚のように口をぱくぱくさせている。

そのときだった。突然、後ろから「その仲間」の声がした。

「あなたさまはいま、ずばり恋に悩んでいらっしゃいますねっ」

背後からの不意打ちに、清少納言がわずかによろめく。

「ちょっと、およしなさい」

と、紫式部が小声で止めていた。

「だって。私の直感がささやいているんだもの。ぴんぴんぴーんって。恋の匂いがするんです。ほら、あの方の目、恋する男の目ですよ。素敵です」

勝手に盛り上がっている和泉式部をちらりと振り返る。

「恋の悩み……？」

清少納言は焦った。

もし、対象が弁の将だったらどうしよう。

人の恋路にあれこれ言うのは野暮だと承知しているが、この男が弁の将の背になるのはいかがなものか……。

「お相手はわかりません。けど、きっと恋してる」

「何を急に言い出すのですか、和泉式部。——申し訳ございません」

と紫式部が謝った。いえ、と国保が言葉を濁す。妙な空気になってしまった。和泉式部はまだ何か言いたそうにうごめいている。清少納言は咳払いをして、とにかく話をそらすことにした。

「和泉式部。あなたの言う恋ってどんなもの？　こんな男の方を好ましく思うとか」

「縁を感じた方でしょうか。そうすると、たとえばうだつの上がらない地味な容貌でも、私だけが知っている彼の魅力だと思えてくる。ああ、誰もこの方の本当の魅力を知らない。私だけのものって」

と、うっとりしている。うだつの上がらない地味な容貌、とは単なる例であって、決して目の前の国保を指したのではないと思いたい。

「男なら誰でもいいと聞こえてしまうし、ものすごく上からの目線にも聞こえるのだけど」

と、あえて意地悪な感想を告げてみる。和泉式部はわずかに、というよりわざとらしく眉根を寄せてみせた。

「もう。清少納言さまの意地悪。つらく悲しく生きにくい人生にあって、ある人と出会い、その方のいろんな魅力を、魂の輝きを発見し、慈しみ合って互いに歩んでいくのが私の恋。厳しい絶壁に咲いている花の美しさ、そのまま散らすなんてもったいない。よくよく見れば、苔《こけ》だって蟻だって驚嘆するような繊細さと美しさを持っていますもの」

今度は身体ごと振り向いて、清少納言は「恋多き女」を見つめた。

衵扇から覗く瞳《ひとみ》に嘘はない。真っ直《ま》ぐ《す》で真剣だった。

そのくせ、まだ男など知らぬ少女のようにあどけなくも見える。

視線だけ軽く動かすと、紫式部の目が軽く見開かれているのがわかった。

刮目《かつもく》しているのだ。

素行はたしかに〝真似すべからず〟なのだが、その心根は『枕草子』にも『源氏物語』にも流れているものと同じだと、彼女にも伝わったのだろう。

清少納言は衵扇の下で頬がゆるむのを感じながら、国保に向き直った。

彼は彼で、恥ずかしげに真っ赤になってうつむき、少年のように肩を震わせている。

「そういうわけで、その仲間あらため〝助手その二〟が恋の悩みではないかと言ってますけど、いかがかしら」

私たちはふたりとも助手ではない、と紫式部が険しい目をしたが、無視した。

沈黙が局を支配する。

この場合の沈黙は肯定を意味していた。

すぐに気づいたのは清少納言だったが、やや遅れて他の者たちもその意味に思い至った。いちばん気づくのが遅かったのは、言い出した当の和泉式部である。

「国保さま。本当に――？」

と和泉式部が蛇足にも尋ねた。

「…………」

国保が観念したように無言で頷く。「嘘でしょ」と紫式部が口走り、清少納言が足をつねった。すぐに自分の非を認め、紫式部が謝る。

これ以上は半分簀子にいる状態で話し続けてもいけない。清少納言はふたりの助手と共に几帳に入った。

みるこが水を取りに出て、外す。

清少納言がさてどこから話を進めようかと思っている間に、新しく任命した〝助手その二〟が「なんて素敵なのでしょう」とはしゃいでいる。

「いえいえ。この年でお恥ずかしい」

「あら、老若男女、恋する心に決まり事なんてありませんよ」

和泉式部はそう言っているが、清少納言はもう少し冷めていた。

彼はどう見ても、若者と同じく無謀な恋に身をやつす時期は過ぎているように思う。

恋する心に年齢が関係ないのはわかるが、一定の年齢になったら責任のようなものは伴うべきだと思っていた。そう考えると、国保はずいぶんと頼りない。四十過ぎだと言うが、男としての自信のようなものがあまり感じられなかった。道長のように我が我がといういにおいを出せとは言わないが、落ち着いた自信のようなものはほしい。それが年齢相応の魅力ではないか。

「ところで、それがどうして火桶に？　恋のお相手の使ったものを欲しがるならわかるけど、特にそういう感じでもなかったし」

と清少納言なりに話を聞いてみる。

「あー、その……お恥ずかしい話なのですが、本当は火桶を借りるのではなく、別の話をしたいと思っていたのです」

国保が額のしわをこするようにしながら打ち明けた。

清少納言は少し考え、踏み込んだ。

「――弁の将に、懸想みたいな……？」

もしそうなら、これはゆゆしき事態になるかもしれない。

国保が一瞬、間の抜けた顔になった。そのすぐあと、どうやら勘違いがお互いにあったらしいと気づいたのか、苦笑する。

「あ、これは。私の言葉足らずでした。さすがに自分の娘くらいの年齢の女性に恋心などという愚かな真似はしません」

「あら。愚かかどうかはわかりませんよ？」

「和泉式部、いまは黙っていなさい」と紫式部が的確なひと言を放った。

清少納言は無言でにっこり微笑み、国保を促す。

「いずれにしても、弁の将どのに直接の関係はございません」

「それでは弁の将の知り合いとか？」

だとしたら、中宮付き女房たちの誰かになるのだろうか。それもゆゆしき問題になるような気がしてしまった。

「いいえ、そうではありません」

「だったら、どうして？」

清少納言が問い詰めると、国保はまた少年のように含羞の表情になる。

「私は、ご覧の通りよい年で、しかも独り身《ひとみ》です。見た目もこの通りでぱっとしませんし、財も位もありません。それどころか、いまの女房女官方の流行や好みもさっぱりで。

せめて相手の女性に好いて……いや、せめて不快な思いをさせないよう、後宮で若い人たちが好む薫香について教えてもらいたかったのです。申し訳ございません」

そう言って国保が深く頭を下げた。

「素敵です」と和泉式部が声を上げた。「それでしたら、女御付き女房である私、和泉式部と、お友だちの紫式部がご相談に乗りましょう」

「え？　私？」と〝助手その一〟が驚いている。

弁の将に何かあるわけでもなさそうだし、中宮さま周りにも影響はなさそうだ。「恋多き女」が走り出したけど、ついでに巻き込まれるのが紫式部なら、いとをかし。

ちょうど戻ってきたみるこの出した水を飲み、ちょっと離れた柱にもたれた。

「いま後宮で流行《はや》っている薫香、みたいな特別なものはないと思います。ね、紫式部？」

「あ？　ああ、そうですね……」

和泉式部たちの答えに国保が顔を上げ、「なるほど、なるほど」と熱心に頷いている。

「お相手の方の好みというのは大事ですよね。お相手の方はどんな方ですか」と和泉式部がほんわりと尋ねると、国保が顔をしかめ、口ひげをせわしなくなでつけた。

「実を申しますと、その相手の方について、私はほとんど何も知らないのです」

清少納言はくせっ毛を指でくるくるしながら、柱から背を離した。

「何も知らない……ということは、国保さまから懸想されたわけではないの？」

「はい」

と照れくさそうにしている。女の側から恋を告げてきたのか。それにしても……。

また和泉式部が「素敵」と手をたたいているが、清少納言は引っかかるものを感じた。

「ではどのようにして、その、国保さまの恋心は始まったのでしょうか」

国保が笑う。

「はは。恋心と申しますか、手紙をいただきまして」

「手紙、ですか」

「ええ」

「いきなり？」

「いきなり。まったく存じ上げない方で、どちらの方かもわからないのですが」

清少納言のなかでますます違和感が膨らんだ。

女の側から手紙が来た。そういうこともあるだろう。けれども、国保はその手紙の主が誰だかわからないと言った。となれば、ほぼ国保と接点がなかった女房女官になるはずだ。

他人の恋のあり方を評論できるほど詳しくないが、人を好きになるのは、しばらくその人に接して人となりを理解して内面的に好きになっていく場合と、まず第一印象で好きになるといういわゆる「一目惚《ひとめぼ》れ」の場合があるはずだ。国保の話が正しいとすれば、後者の一目惚れになるだろう。

けれども、会ってもいない人間に「一目惚れ」が起こるのか。

国保が気づいていないだけで、向こうは彼を見ていたかもしれない、という可能性もある。ただ、大変申し訳ないのだが、国保の外見だけで一目惚れをする確率はかなり低いのではないか……。

どう思うか、と口に出さないで弁の将を顧みる。彼女の知り合いなのだから、意向は確かめておきたい。すると、弁の将は小さく、

「少ししか話していませんが、国保さまは真面目な方だと思います」

と、応援したいのだと顔に書いてあった。

ならば、その方向で考えていこうかと思ったとき、簀子を三人の女官が歩いてきた。

清少納言は自分の考え事を中断して、三人を目礼でやり過ごす。たしか、内侍司の所属だっただろうか。端のひとり、眉間にしわのある女官がこちらを覗き、清少納言に気づいてますますしわを深くしていた。

外野はさておき、国保である。

「国保さまは誰かもわからないのに、薫香を焚きしめたりしようとした……?」

すると国保が不思議なことを言った。

「たしかに私は相手のことを存じ上げないのですが、その相手の女官との間を仲立ちしようという内侍司の女官の方が現れたのです」

清少納言の猫目がやや細くなる。袙扇の下で、唇をなめた。

「この謎――いとをかし」

和泉式部が何か言いたそうにするのを、紫式部が止める。

「え？」と国保が怪訝な声を発した。

「国保さま。仲立ちをしようと言ってきた女官はどなたですか」

「紀伊内侍という方です」と国保が名を口にすると、弁の将が「紀伊内侍さま？」と小声で繰り返した。

「何かあった？」と清少納言。

「ああ。先ほど簀子を通り過ぎていった女官のおひとりだったので。眉間にちょっとしわのある……」

「ああ、いたわね」と頷きつつ、弁の将が少し眉を難しげにしたのを見逃さない。「それがどうかした？」

さらに弁の将が声を小さくする。

「いえ。今日、紀伊内侍さまをお見かけしたのは二回目だったので」

「二回目？」

「さっき、清少納言たちが来るまえにも簀子を歩いている紀伊内侍さまと目が合ったので覚えています」

「ふーん……」

国保が続けた。

「手紙が来た翌日あたりでしょうか、その紀伊内侍どのから、『手紙の主のところへ通えるよう、ご案内しましょうか』『相手は素晴らしい美人ですよ』と声をかけてきてくれたのです」

清少納言は思わず他の三人の女房を振り返る。みな、口には出さねども、顔には「あやしい」と大書してあった。

「その手紙、というのはお持ちでいらっしゃったりは」

「持っています」とやや食い気味で国保が答える。懐に手を入れ、手紙を取り出した。その顔には抑えきれないといったふうに笑みが浮かんでいる。

その筆蹟《ひっせき》を見たとき、清少納言は息をのんで何度も手紙を見返した。

「どうしたの？　清少納言」

と首を伸ばした紫式部も、不意に複雑な表情になる。

「――国保さま。その手紙を少し預からせていただいてもよろしいでしょうか」

「ああ、構いませんが……」

「この筆蹟に見覚えがあります」

「ほう。それは――」

「弁の将との縁もあります。私たちも国保さまにご協力申し上げたいと思いまして」

「恐れ入ります」

「それと、申し上げにくいのですが、紀伊内侍の申し出はしばらくうやむやにしていただきたいのです」

するると、国保が肩を揺すって笑った。

「くく。そうですよね。こんなうまい話が私のような男に転がってくるはずがない。いかにもあやしい」

「いいえ、そういうわけでは……」

「面と向かっては言いにくいでしょうが、大丈夫です。十中八九、何かの間違いだろうと思っています。ただ……」

「ただ?」

「できるなら、手紙の主には会ってみたいと思うのは、男の煩悩の闇のなせる業なのでしょうな」

意外に詩歌のような言葉を使うものである。蟬の声がふと止んだ。男女の歓声が耳を打つ。国保は静かに額のしわに指を這わせていた。

国保が出ていったあとも、清少納言たちはその場に残っている。

「清少納言さまは何を『謎』だと思っていらっしゃるのですか」

と、まず口を開いたのは和泉式部だった。

謎だらけじゃない、と清少納言は髪をいじる。「会ってもいない相手からの一目惚れの手紙。突如として現れた仲立ちの女官――。弁の将の手前、国保さまの恋の応援はしたいと思うけど、わからないことが多すぎるのよ」

「会っていないというのは国保さまだけのお気持ちで、実は相手の女性は前々から存じ上げていた、ということはないのでしょうか」

「そうあってほしい気持ちもないことはないのだけど」と清少納言がため息をつく。「さっきその仲立ちを言ってきた女官だという紀伊内侍がこちらを覗くように歩いていったのよね……」

「うーん」と和泉式部が唸ってしまう。

「ところで、清少納言はこの手紙の筆蹟に見覚えがあると言っていましたけど、どなたなのですか」

と問う弁の将に、清少納言はあっさり首を横に振った。

「知らないよ?」

「知らないって、そんな――」

「あの場を収めるための方便みたいなものよ」

そんな予感はしていました、とばかりに紫式部が頷き、和泉式部がをかしげにしている。

「ところで、これは弁の将に聞きたいのだけど、さっき紀伊内侍の姿を見るのが二回目だって言っていたわね？」

「はい」

「一回目はどこで見かけたの？」

「どこでというか、ここでです」

「何ですって？」

「清少納言たちが入ってくるまえ、国保さまと話をしているときにお見かけしました。紀伊内侍さまとは目が合ったのでよく覚えています」

「なるほど？」と清少納言がくせっ毛をくるくるしながら、「やっぱり怪しいわね」

「まあ、あなたにかかったら何でも怪しいんでしょうけど」

と紫式部が皮肉を言う。清少納言はにやりと笑って受け流した。

「紀伊内侍が短い時間に二回も来た。ついでに言えば二回目は私を見て顔をしかめた」

「そんな理由で……」

「これをこう言い換えてみたら？　紀伊内侍が二回も国保さまの様子を見に来た、と」

他の三人がはっとした表情になる。紫式部が口元に袖をやった。

「国保さまを監視していたとでも言うのですか」

「国保さまの様子が気になっているのだとしたら、なぜか。それは今回の一件が彼女が仕組んだことで、その成り行きを気にしているからではないか、と私は考える」

清少納言が自分の推理を話すと、和泉式部が憤慨《ふんがい》した。

「何てひどい！　恋への侮辱だわ！」

彼女はいきなり立ち上がった。

「どうしたの？」と紫式部が目を見張る。

「いまからその何とかっていう女官のところへ行って、ひっぱたいてやります！　恋はそんなものじゃないって」

「やめなさい」と紫式部が顔をしかめて和泉式部を座らせた。「名前も覚えていないくせに」

「覚えたらたたいていい？」

「ダメです」

清少納言は明るい笑い声でふたりをなだめる。

「あはは。あなたたちいいお友だちになれそうね。あと、和泉ちゃん、ひっぱたくのは私も反対よ。たたいたところでわかるような女じゃないと思うから」

和泉式部が口をへの字にした。「じゃあ、どうするのですか」

「もちろん、懲らしめてやるのよ」

こともなげに清少納言が言うと、紫式部が深いため息をついた。

「またろくでもないことを考えているのではないでしょうね？」

「ろくでもないことを考えているのは、たぶん紀伊内侍のほうよ」

「勝手な決めつけを」

清少納言はほっそりとした白い指で顎を支えるようにする。

「勝手な決めつけかどうか、あの女の周りをきちんと調べさせてもらいましょ」

思い出したように蟬が鳴き始めた。


二日後、清少納言の局に国保の「恋」を知る四人の女房が集まっていた。

四人の真ん中には、国保から預かった手紙が置かれている。

手紙はやや癖があるものの、優雅な筆蹟で書かれていて、相手の女性の真心が伝わってくるようだった。

……あなたさまのお姿を遠くで拝してからというもの、そのすばらしさを思い出してはため息をつかない日はありません。けれども私はあなたさまからは見えないほどの小さき者。きっとお気づきになってはいないでしょうね。あなたさまの微笑み、声、ちょっとした仕草、衣裳の薫香。どれもが私の心を切なくさせ、いまも途方に暮れています――。

というような内容が綴られ、さらに歌が記されている。

香ばかりは　風にもつてよ　花の木に
　立ち並ぶべき　匂ひなくとも

――香りだけは風に伝えてください。花の木に立ち並べるようなにおいがなくても。

清少納言が苦笑した。「これは『源氏物語』『真木柱《まきばしら》』の歌のもじりね」

そうですね、と紫式部がやや憮然としている。

「『花の木に』を『花の枝《え》に』にすれば、主上からの歌への玉鬘《たまかずら》の返歌です」

「国保さまは出典には気づいていなかったかもしれないけどね。問題はどうしてこの歌を選んだのか」

「え？」

「これ、主上に差し上げた歌でしょ？　国保さまにぞっこんだったとしても、物語だからって主上に差し上げた歌を引っ張ってくる？」

手紙でも、自分を小さき者と呼んでいるが、国保はそんなに身分の高い人間ではない。

「たしかに……。この手紙には恋慕の情とともに尊崇《そんすう》の念のようなものも感じられます」

と紫式部が首をひねった。

清少納言が手紙を手に取り、この手紙を預かることにした理由を改めて説明した。

「人の恋路にあれこれ言うのは私の趣味ではないのだけど。一度も会ったことのない女房からのこんなにも熱烈な恋の手紙。その仲立ちをしようと言ってきた紀伊内侍。そしてその紀伊内侍は先日の国保さまとの話の間に二度も姿を見せている……」

「昼間、あのあたりを内侍司の方々が通るのは珍しいことです。平時でそれですから、盂蘭盆会《うらぼんえ》の準備が始まっているいまならなおさら」

と弁の将が意見を述べる。

「そういうわけで、いろいろと十分怪しいと思うのよね。直感だけど」

清少納言の言葉が終わると、紫式部が眉間にしわを寄せて、

「あなたにかかると大抵のものは怪しくなるのでしょうね。よほど心がゆがんでいるのかしら」

「自分の作った歌とこんな形で対面したからって文句言わないの」

紫式部はそっぽを向いた。

「やはり下心だと思います」と紫式部は糾弾の矛先を国保に変えた。「国保さまは妻もお

られず、おひとりと言っていたではないですか。そこへ深い想いを告げる手紙。普通は怪しいと疑うべきではないですか」

「えー。下心よりも、きちんと恋する心の匂いがするんだけどなぁ」

と、和泉式部が不思議な台詞を口にする。

「それで、助手の紫ちゃん。紀伊内侍の周りは調べてくれたんだよね?」

清少納言が期待といたずら心の混じった目つきで紫式部を促した。本当なら清少納言や弁の将も彼女の周囲を調べるべきなのだろうが、すでに彼女と目が合ってしまっている。だからここは「泣く泣く助手のあなたに頼るの。信じてるわ」と懇々と言いくるめたのだった。

はたして、紫式部は険しい声でこう言った。

「真面目に働いていらっしゃいました」

「ふむ。それで?」

「年齢は私たちより十くらい上の方で、内侍司での地位は高くありませんが、出仕しての年数が二十年ほどなので諸事万端抜かりなく仕事を進めるお方のようです」

「それだけ?」

「……それだけです」

「ふーん。国保さまの恋の手紙の主はわからなかったか」

清少納言が、あはれという眼差しで紫式部を見つめる。彼女の顔が真っ赤になった。

「し、仕方ないではないですか。私だってそこそこ名が知られてしまっているんです。こっそり誰かを探るなんて」

「紫式部さまはとてもがんばっていらっしゃったんですよ?」と唐突に和泉式部が紫式部をかばった。「内侍司のあたりを何度もうろうろしながら、通りかかった人にときどき質問したり、声をかけられそうになったら逃げ出したり」

「和泉式部っ」と紫式部が叱りつける。「あなた、それをどこで——!?」

「物陰《ものかげ》からひっそり見ていました」

「あ、あ、あ——」と紫式部が涙目になっていた。

清少納言が軽く手を打つ。「はいはい。紫ちゃん、ご苦労さまでした。いつもは助手としていろいろな事件のつじつま合わせで後始末をつけてくれるのに。こういうのは苦手なのかしら」

「あれは——こう、物語を作るみたいで、何となくできてしまうのです」

「つまり人をだます話を作るのが得意、と」

「なっ——!?」と紫式部が眉をつり上げた。

「でも、いまの報告もとてもありがたいのよ」

「え?」

「ひとつ、紀伊内侍は表向きは真面目に仕事に打ち込んでいる。ふたつ、彼女は出世が遅れて低い地位に留まったままである」

清少納言がやや低い声で確認すると、残る三人が頷いた。

「でも、ここからどうしたらいいのでしょうか」

と弁の将が額に手をやる。

「大丈夫よ。もうすぐ別の手がかりも来る」

と清少納言が言ったときだった。

「清少納言さま」

と、みるこが削り氷を持ってきた。

「ああ。暑いなか、ありがとう。どうだった?」

みるこが削り氷をみなに配りながら、

「はい。ぜんぶわかったわけではないので申し訳ないのですが」

「いいのよ。みるこにできたところまでで」

「ありがとうございます。いまのところ、あたしの聞いた範囲では清少納言さまの予想が大体当たっているかなと思います」

弁の将と紫式部が顔を見合っている。

「清少納言の予想って、何なのですか」と弁の将が質問した。

「紀伊内侍には裏の顔があるってこと」

「つまり、表の真面目な仕事ぶりとは違う顔がある、と?」

その横で、和泉式部は削り氷に夢中になっていた。

すると清少納言は削り氷に匙を突き立てて、

「あいつ、私を見るなり眉間のしわを深くしたのよ? やましいことがある証拠」

と、言いながら自分の削り氷の半分を別の器に移し、みるこにあげる。

「まだ根に持っているのですか。接点を持ちたくなかっただけでしょ?」と紫式部。

「私を見て顔をしかめるのは道長みたいに暴かれたくない秘密がある人間だけよ」

紫式部があきれ顔になりつつも、先ほどの評判を繰り返す。

「さっきも申し上げたではないですか。紀伊内侍どのは丁寧な仕事ぶりのお方です。内侍司になくてはならないくらいのお方かもしれません」

「そうかなぁ」と紫式部の話にぼんやりした異議を唱えたのは清少納言だった。「丁寧な仕事ぶりと言えば聞こえがいいけど、こうも言えるんじゃない? 便利使いされている、とね」

紫式部が険しい表情になる。

「清少納言。ご自分がちゃらんぽらんなのはいいとして、真面目に働いている方を卑下するような言い方はよろしくないのではありませんか?」

真面目に反論する彼女を、清少納言は削り氷を食べながらなだめた。

「ああ、あまづらがすてき。——紀伊内侍について詳しく付け加えれば、便利使いをされているから、他の若い女官が出世するのにご自身は足踏みをしている、じゃない?」

紫式部がけしからぬと言いたげな顔で匙を使っている。

位が進めば主上に近侍《きんじ》する勤めが増える内侍司は、女官たちのなかのもっとも優秀な者たちが集まる場所だった。それだけに水面下の競争は熾烈《しれつ》と言われている。紀伊内侍が出世から見放されているのを紫式部も知っているのだ。

以前、ある出来事で内侍司の何人かと接し、その局にも足を運んだことがある。そのとき接した女官たちと比べて、紀伊内侍は年齢は遥か上だが位としては同等以下でしかない。

「いま清少納言さまがおっしゃったことと、この恋の行方と、どう関係するのですか」

と和泉式部が匙を休めている。

「まだこの段階ではわからない。けど、表面上の評価は裏を返せば別の意味を持つこともあるってことよ」

「恋の駆け引きより難しそうですね」

「そっちのほうがよっぽど大変だと思うけど。とはいえ、相手は曲がりなりにも内侍司のひとり。そのうえ、出仕歴二十年の猛者。簡単に腹の内を見せるとも思えない」

和泉式部が再び匙で氷を崩しながら、

「うーん。思い切って聞いちゃいますか？」

「ふふ。そういうの、嫌いじゃないけど。それは最後の手段に取っておきましょう。――みるこ」

と、お気に入りの女童の名を呼ぶ。

「はい。清少納言さまのお言いつけで、紀伊内侍さまの周りを少し調べて参りました」

「あなたが？　――あたた。頭痛い」

紫式部が氷を一気に食べ過ぎたようだ。

「紫ちゃん、ゆっくり食べないから。――紀伊内侍が親しく使っている女童の話を聞いてきてもらったのよ」

俗に「上、三年にして下を知る。下、三日にして上を知る」とも言われるように、古今東西、その人の正体は目下の者から見ればいともたやすく見破られるもの。特に女童が相手となれば気がゆるむだろうと考えたのだ。

「清少納言。あなた、なんて恐ろしいことを。みるこはまだ純粋な年頃なのに」

そのように紫式部が抗議すると、みるこが目を丸くした。

「恐ろしいことなんて何もありません。清少納言さまのお役に立ててうれしいです」

「こんな悪の道に入ってはダメ」と紫式部。

清少納言の頬がひくつく。けれども、みるこはころころと明るく笑っていた。

「ふふ。向こうの女童の話を聞きに行くだけなのに、清少納言さまもひどくご心配くださいました。『人の悪口を言う女童がいてもそんなふうになってはダメ』とか、『もし怖い目に遭ったらすぐ逃げてきなさい。私が千倍返しにしてやるから』とか」

「え？」と紫式部がこちらを見る。

清少納言は彼女の視線から顔を背けた。

「あたしから申し出たことです。おやさしいお二方からご心配いただき、ありがとうございます。おふたりがいるのであたしたち女童も心強いです」

まだ何か言いたげな紫式部を押し切って、「みるこ。聞いてきたことを教えて」と清少納言が先を促す。

「はい。向こうの女童たちもよい子ばかりでした。それで――」

……内侍司でいま話題になっている貴族が数人いる。

権力闘争、出世競争という意味では道長の名前があがりもするようだったが、いちばん彼女たちが話題にしているのは中宮定子の兄である藤原伊周の美貌と教養だった。

すてきよね、伊周さま。

ああ、もっとお近づきになれないものかしら。

聞いて聞いて。参内されたときの案内をしてしまったの――。

ときとして内侍司から后への道もあるのだが、それは主上がお決めになること。自らが口に出すのはあまりにも畏れ多かった。さりとて、若い娘たちの集まりである内侍司で多少の潤いがほしいと願うのも無理からぬ心だ。

そこに、伊周という存在はぴたりと当てはまったのである。

涼やかで見目麗しく、立ち居振る舞いも洗練されている。笑顔を絶やさない貴公子。しかも両親譲りの学識と中宮の兄という立場。いわゆる公達としてみなが想像する通りの存在なのだ。ちょうどいい敵役のように、野趣溢れる道長という男がいるのも伊周を引き立てていた。

とにかく、伊周は人気があった。

ことに入れ込んでしまったのが紀伊内侍である。

彼女は、伊周がいつ参内するかどころか、参内したときにどこを通ったか、誰と言葉を交わしたかなどを細かに調べては悦に入っていたらしい。周りは最初のうちこそおもしろがって聞いていたが、度重なれば煙たくなってくる。紀伊内侍のほうではますます彼に熱を上げていく。

そこで女官たちはみなで約束をしたのだという。

「それが、伊周さまに対して何かをしようという振る舞いは誰もしない、ということだそうです」

と、みるこが説明していた。

要するに、花や月を愛《め》でるように遠くからみんなで眺めよう、という立場らしい。手を出してはいけない。声をかけてはいけない。みな同じ立場と同じ遠さから楽しみましょう——と。

和を以て貴しとなす、とはこんなところにもあるようだった。

みるこの話ではすべて元をたどると紀伊内侍本人に行き着くという。伊周さまのことでこんなことがあった、と紀伊内侍はときに自慢げに、ときにいらいらと女童に話していたのだそうだ。

話が一段落すると、紫式部が難しい顔で腕を組んだ。

「女童たちのまえで話すことには気をつけないといけないですね」

「何かやましいことでも？」

「『源氏物語』の続きの構想が拡散してしまわないようにするためです」

清少納言は溶け残りの氷を口に入れて飲みこむと、こう尋ねた。

「みるこ相手だけど、一応質問するわ。いまの話、本当に信用できる？」

すると、みるこは削り氷の器を持ったまま、真剣な面持ちになった。

「女童同士のただのおしゃべりとして聞き出したので、嘘をつく必要はないと思います。また相手の女童はあたしより年下で、いつも面倒を見てあげていました」

「みるこはいいお姉さんになりそうだものね」

ちょっと照れ笑いを浮かべて、みるこが続ける。

「その子は紀伊内侍さまによく使われているのですが、そのせいで紀伊内侍さまの表裏のある性格とか、陰で誰かの悪口を言っているのとかをずいぶん聞いているみたいです」

正直、辟易《へきえき》しているらしい。つまり、紀伊内侍をかばう気はなく、ありのままに話したようだった。

「ありがとう。いい答えだったわ」

「それでしばらくはうまくいっていたそうです」

「しばらくは、ということは、うまくいかなくなった?」

と清少納言が尋ねると、みるこが眉根を寄せた。

「そのようなのですが、それについてはわかりませんでした」

すると和泉式部がじれったそうにした。

「そこが知りたいのに」

申し訳ございません、と謝るみるこを、清少納言は謝らなくていいと髪を撫でる。

「紀伊内侍がぺらぺらと女童たちにしゃべっていたからここまでわかったのよ?　ここか

ら先がわからないということは、逆に言えば紀伊内侍がしゃべらなくなったから。そう考えられるんじゃない？」

なるほど、と大きく頷いた和泉式部が、しばらく考えてから手をあげた。

「清少納言さま。私、そのあとどうなったか調べてきますっ」

「え？」

「大丈夫です。恋の話なら聞き出すのは自信がありますっ」

「ちょっと、ちょっと——」

清少納言が止める間もなく、彼女は簀子へと消えていった。

「ああいう人なんです。和泉式部は」

と紫式部が残りの削り氷をしずしずと口に運ぶ。

清少納言は、和泉式部と同じ殿舎の紫式部にちょっとだけ同情を覚えた。

だが、自分から名乗り出るだけのことはあった。

翌日の昼過ぎにはもう一度清少納言たちを集めると、和泉式部はにこにこと話し始めた。

「もうわかったの？」とさすがに清少納言も驚いている。

「ええ」と、みるこが用意した水を飲む和泉式部。「内侍司の何人かに恋の相談をしたらいろいろ教えてくれました」

「待って。あなたが、内侍司の女官たちに相談をしたの？」

「はい」

「それで、紀伊内侍の話を聞いてきたの？」

「ええ」

因果《いんが》関係というか、どうしてそういう結論に至ったかが見えない。清少納言は思わず紫式部のほうを見た。紫式部も難しい顔で首をひねっている。

「とにかく、まずは話を教えてください」

と弁の将が先を促すと和泉式部が咳払いをした。

「昨日のみるこちゃんの話の続きです。伊周さまについては、みな同じ立場と同じ遠さから楽しもう、とみんなでとりきめたのに、やはりそれでは満足できない人が出てきてしまったのですって」

「ああ……」

と、みな一様に頷いた。欲深なのだ。人間というものは……。

「それで、あるひとりの女官が、伊周さまに手紙を書いて送ってしまったのだそうです」

「……ほう？」と清少納言がくせっ毛をくるくるした。「やったわね」

「ところがこの手紙は不発に終わってしまったんですって。どうやらせっかくの手紙は伊周さまのところへは届かなかったそうなのです」

清少納言の猫目がくるりと動く。

「途中で邪魔が入った？」

「はい。みんなで決めた約束事は抜け駆けなしだったから、だそうです。その女官も手紙を出すのを仲間内には話してしまっていたらしくて……」

「その仲間内で邪魔されたのね」

「はい」

すまじきものは宮仕えである。

「それでその邪魔をした仲間というのは――？」

和泉式部が一瞬あたりを窺い、声を落とした。

「紀伊内侍さまだろうとみんな知っているそうです」

局のなかに声にならない声が満ちる。こういう場合の「みんな知っている」ほど怖いものはない。色恋が絡んだときの女たちの情報網はなかなか手厳しいのだ。

「それでその手紙は？」と清少納言。

「紀伊内侍さまは伊周さまとはまったく別人の、たまたま目にとまった中年の貴族の手に渡るように手紙を送ったそうです。その貴族の特徴というのが、国保さまにそっくりで」

「よくわかったわね」

と、紫式部が感心している。

さすが恋多き女、和泉式部だった。

「へへ。でも、昨日みるこちゃんが一生懸命がんばってくれたから、聞くべきことも明確だったし。私の手柄《てがら》ではなくて、やっぱりみるこちゃんのおかげです」

とみるこへの気遣いも忘れていない。摑みどころがない人物だと思っていたが、やはり女御さま付きの女房をできるだけのことはあるなと、清少納言は感心していた。

「なるほど。あの手紙はもともとは内侍司の女官が伊周さまに差し上げようとした手紙だったのね。だとしたら、自らを小さく見たり、物語でとはいえ主上に差し上げた歌を引いたりして尊崇に近い想いもある理由がわかる……」

「はい」

歌にあった「花の木に」とは、伊周の周りにいるだろう身分の高く美しい女性たちを表しているのだろうし、あるいは中宮定子を表しているのかもしれない。

「紀伊内侍は、国保さまをその女のところへ通じさせようとまでしているのね？」

「そのようです。自分だって――というか自分こそがいちばん伊周さまをお慕《した》いしているのに、みんなの約束事を破って抜け駆けしようとしたのだから、そのくらいの報いを受けたらいいのだと、紀伊内侍さまは仲間内に漏らしたそうですよ」

「なるほどね。これなら早晩、紀伊内侍はいまの話も女童たちに漏らしていたかもね」

「そう思います。でも、やっぱり女の敵は女なのですねぇ」

と、和泉式部が悲しげな顔をしている。

「なんてひどい。もし国保さまが性急な方だったら、すぐにでもその女官のところへ行ってしまったことでしょう」

と、紫式部が青い顔をして、唾棄《だき》するように言った。弁の将も顔をしかめている。

「まったく同感。紀伊内侍みたいなのを女の面汚しと言うのよ。あんなのがいるから、男どもに『女というものは』と侮辱されるっていうのがわからないものかしら」

清少納言はくせっ毛をいつものように指でくるくるやっているが、その目はいま食べた削り氷よりも冷たい。

その発言に、紫式部は黙っている。この沈黙は同意のようだ。

和泉式部がふわりと手をあげた。

「紀伊内侍に同じことをしてあげませんか。見知らぬ——できるだけ伊周さまから見た目も年齢も遠そうな——男と通じさせてしまうのです」

「……穏やかな顔で物騒《ぶっそう》なことを考えるのですね」

と弁の将が引いている。さすがに清少納言もこれには苦笑した。

「ふふ。他人の恋路をめちゃくちゃにしようとした紀伊内侍への怒りはわかるけど、それはやり過ぎ。そこまでやったら『いとをかし』でまとめられなくなってしまう」

和泉式部が唇をとがらせる。

「じゃあ、どうするんですか」

「私にいい考えがある」と清少納言が言うと、紫式部がイヤそうな顔をした。

「法を犯したり、他の人を巻き添えにしたりするのではないのですか」

「そうしてやってもいいけど、あんな奴にそこまでしてやるのはもったいない。でも、きっちりと仇《かたき》は取らせてもらうから――女の面汚し」

たまには心得違いの女を懲らしめるのも、いとをかし。

局の外の簀子に紀伊内侍本人がいるかのように、清少納言は宙を睨んでいた。

◇◇◇

盂蘭盆会まであと二日と迫った。

弁の将はくるくる回るように忙しく立ち働いている。

主上、中宮、女御以下、大勢の公卿たち貴族たちが臨席する大事な法事だ。亡くなった愛《いと》しい人への想いをのせるぶん、春先の灌仏会よりも丁寧な準備が求められるところもあった。

「恐れ入ります。中宮さまのお席のことで確認なのですが――」

と弁の将は内侍司に打ち合わせに来ていた。対応してくれたのは紀伊内侍である。

「ああ、それでしたら」

と、紀伊内侍が極めて淡々と教えてくれた……と言えば聞こえがいいが、本当のところは「こんなことも知りませんの？」「若いだけで何も知らない小娘が一丁前の口を」という心の声がびしばし飛んでくるようだった。

けれども、ここでけんかしては後宮勤めはままならない。

「いつも丁寧に教えていただき、ありがとうございます」

と弁の将がとびきりの笑顔で礼を述べる。このようなお愛想は、清少納言が周りを引っかき回したときに相手をなだめるのによく使っていた。つまり、得意なのだ。

「そうですか」

と、返礼とも頷きとも取れない微妙な動きを残して紀伊内侍が去っていこうとする。

「ほんと、紀伊内侍さまは儀式のことにお詳しくて。中宮さまも伊周さまも信頼されていらっしゃいます」

紀伊内侍が立ち止まって振り返り、眉間のしわを深くした。

「え。あ。そうですか」

「中宮さまがそれはそれはすてきなご様子でくつろいでいるときに、参内した伊周さまがときどきご挨拶に立ち寄られるのです。ご存じの通り、おふたりとも大変優れた美貌の持ち主。そのおふたりが仲睦《なかむつ》まじく物語りなどしているさまは、見ているだけで寿命が延びる気持ちがします」

「目に浮かぶようですね」

と紀伊内侍が少しこちらに近づく。興味を持ってくれたらしい。

「宮中のいろいろな行事の話もするのですが、そういうときによく紀伊内侍さまのお名前が出るのです」

「あら……どんなふうに」

「もちろん、すばらしい女官としてです。中宮さまも私たち女房に『行事でわからないときには紀伊内侍に相談するといいでしょう』とおっしゃっていますし、伊周さまも『それがいちばんいい。紀伊内侍がいてくれるから後宮の諸事は安心していられるのだから』と」

紀伊内侍が我慢しようとして、結局、笑い崩れる。

「そんな。もったいないことですわ」

少しずつ人気のないところへ移動し、蟬の声に紛れながら弁の将は紀伊内侍と歓談を続ける。徐々に伊周の話題を増やしていった。中宮付き女房でしか知り得ない伊周の話も、少しだけ教えてあげた。

「まあ、そんなことが……なんてすばらしいお振る舞い……」

と、伊周の話に耳を傾ける紀伊内侍の表情が柔らかくなっていく。

「こう毎日暑いと、内侍司のお勤めも大変ですよね」

「ええ。後宮のいろいろなところで文句が出たり何だりするたびに結局最後は私たちが調整に走るのです。本来、内侍司は主上周りをお護《まも》りするのが役割なのですが……」

「お疲れですか」

「少々、夏の疲れが……」

弁の将は眉を八の字にして、心から同情する表情を作った。

「ダメですよ。紀伊内侍さまに何かあったら、私――いいえ、中宮さまや伊周さまが困ってしまいます」

「そんなことは……」

「ここだけの話なのですが、伊周さまがお好きな、疲れにいいものがあります」

「何でしょうか」

弁の将はにっこりと答える。

「鰻です」

「うなぎ?」

紀伊内侍が顔をゆがめた。眉間のしわがまた深くなる。

「ええ。鰻です」

と弁の将は明るく言うが、紀伊内侍は困っていた。

「私、大抵のものは大丈夫なのですが、鰻はちょっと……」

「あの脂がいいんですって。あとあの匂いが伊周さまはことのほかお好きだとか」

青天《せいてん》の霹靂《へきれき》とでも言いたげな表情で、紀伊内侍が目を見張った。

「本当ですか」

「ふふ。大抵の方はそんな反応を示しますよね。だからいざ食べるとなっても白蒸しにして塩を振る程度。でも、伊周さまは丸のまま火で焼いたのをお召し上がりになるのがお好きで。それが夏も、夏の疲れが出てくる七月でも、涼やかなお姿を保《たも》つ秘訣《ひけつ》だそうで」

「初耳です……」

と言いつつ、紀伊内侍の目は驚きと好奇心にあふれている。

「周りの方の目や評価があるので、苦手と嘘をついているそうで。そのぶん、邸や中宮さまのところでは、疲れたときはよく鰻の丸焼きをお召し上がりになるのですよ」

「ひょっとして、中宮さまも……?」

弁の将は苦笑しながら人差し指を唇の前に立てて、「内緒ですよ」とつぶやく。そうなのですね、と紀伊内侍は興奮気味に頷いた。

「伊周さま、あまりにも鰻がお好きで女房たちにも勧めるんです。『私は好物の鰻の匂いのする女房がいい』なんておっしゃるので、若い女房たちが一時期こぞって鰻を食べてたことがあって。伊周さま、喜んでいらっしゃいましたよ。――あ、これはさすがに本当に内緒にしてくださいね」

「ええ、もちろんです」

と紀伊内侍が苦笑している。だが目は興味津々、輝いていた。秘密の話というのはいとをかしなものだから。

弁の将は小さく手を打った。

「そうだ。実はこれから焼き上がった鰻を取りに行くんです。もうすぐ伊周さまがいらっしゃるとのことで、中宮さまの御座所のみんなで食べようということで用意するように言われて。ほら、伊周さまのお出迎えとして」

「そうですか」

「よろしかったら、私のぶんをおわけしましょうか」

と弁の将が持ちかける。

「え？」

「中宮さまのところで鰻を一緒にお召し上がりください」

「いや、さすがにそれは……」

「でしたら、先にお召し上がりください。中宮さまのところへは来ていただきたいと思っていたのです」

「はあ」

「伊周さまは盂蘭盆のことで中宮さまといくつか確認されることもあるそうなので、紀伊内侍さまにもご同席いただければ助かりますし」

そのとき鰻の匂いのする状態で出迎えれば、伊周が一目も二目も置くはずだ——。

この話に、紀伊内侍はのった。

◇◇◇

伊周がやってくると、何となく後宮の誰もが気配を察する。

まず薫香が違う。

自分で調合しているそうだが、繊細で奥ゆかしく、何とも深い香りがした。

香りで伊周とわかった貴族や女房たちが身構える。

その雰囲気が池の波紋のように伝わっていった。

「そろそろ伊周さまがお越しのようです」

と弁の将は紀伊内侍に声をかける。鰻をしっかり食べた紀伊内侍と共に定子のいる登華殿の入り口にあたりへ移動した。偶然を装って同行しようと企んでいたのである。

鰻の臭いがぷんぷんする。

ちょうど伊周は清少納言に伴われて、中宮の御座所に向かっていた。

厳しい残暑が嘘のように、さわやかな面持ちで伊周は簀子を歩いている。

眉間にしわの寄った紀伊内侍がやや緊張した様子で、伊周に礼をした。

「伊周さま。いつもお世話になっております」

衵扇から覗く目だけでもそれとわかるほど、伊周への好意を示している。

伊周が立ち止まった。

「ああ……内侍司の――」

そう言って、彼は唇を引き結び、さりげない動きで束帯の袖で鼻を覆う。

「どうかなさいましたか」

と先導役の清少納言が尋ねた。

「いや。少々……」

彼が言いにくそうにしていたが、清少納言は情け容赦なく鼻をうごめかす。

「ふん、ふん……この臭い、うなぎですね。ね、弁の将」

「はい。紀伊内侍さまがお召し上がりになったようで」

紀伊内侍の目つきが変わる。

弁の将に真意を問う目を向けた。

しかし、弁の将はそちらを見ない。

何かおかしいと気づいたようだった。

「弁の将……っ」

するりと弁の将が紀伊内侍から離れ、清少納言の背後に移る。

清少納言は眉をひそめて、

「残暑が厳しいですから、鰻で精をつけるのもよいですが。臭いは気をつけていただきたいですね。中宮さまも伊周さまも鰻は苦手ですのに。穂積朝臣《ほづみあそみ》のようなものですわ」

すると、伊周が楽しげに笑った。

「ははは。さすが清少納言。『万葉集』に詳しいね。ここは後宮だから女童ばかりで童がいないから難しいかもしれない」

「あ、ああ……」

紀伊内侍の目が見開かれ、顔色が青くなった。

清少納言はそんな彼女を無視して、

「弁の将。伊周さまをご案内して差し上げて。私は紀伊内侍さまに用事があったのを思いだしたので」

かしこまりました、と答えた弁の将の肩を清少納言が押す。

「伊周さまの薫香に、臭いが混じってはいけませんから」

追い打ちのひと言を添えて、弁の将が歩き出した。

「ありがとう」と伊周が雅に微笑んでいる。

弁の将の先導で、伊周がその場を去った。去り際の礼も優雅だ。行き来する他の女房たちはうっとりしている。

見送りながら、衵扇から覗く紀伊内侍の目は清少納言を見据え、激しくつり上がった。顔が真っ赤になり、こめかみに血管が浮き出ている。

「おのれ……ッ」

呪詛《じゅそ》するように吐《は》き出《だ》された低い声を冷ややかに受け流し、清少納言はすぐそばの空いている局へと彼女の腕を引いた。彼女は暴れて逃げようとするが、周囲の目がある。

「何なのですか、清少納言ッ」

と局に入った紀伊内侍が固まった。無人の局だと思っていたところに、もうひとり、紫式部がいたからだ。

衵扇を閉じた清少納言が猫目に笑いを浮かべながら、くせっ毛をいじる。

「うーん、見事に鰻くさい。まず言っておくけど、あなたに鰻を食べさせるように仕向けたのはすべて私。恨むなら私にどうぞ。あとこの紫式部はただの置物だと思ってて」

紫式部が何か言うまえに、こちらも衵扇を外した紀伊内侍が鬼のような顔で食いついてきた。

「よくも恥をかかせてくれたわね。人を何だと思ってるのよ」

「穂積の朝臣みたいに、臭うと思っていますよ」

先ほどから清少納言が話題にしているのは、『万葉集』にある「童ども　草はな刈りそ八穂蓼《やほたで》を　穂積の朝臣《あそ》が　腋草《わきくさ》を刈れ」という歌。尾籠《びろう》ではあるが、穂積朝臣という人物の腋の臭いをくさいと文句を言っている内容である。

歌のはじめに「童ども」とあるので、伊周が「ここは後宮だから女童ばかり」と言ったのだ。

つまり、伊周もこの歌と歌の意味を知っていたことになる。

紀伊内侍も、だった。

「伊周さまは鰻が好きだからと、鰻の臭いが好きだからと、私をだましてっ」

清少納言が動きを止め、下から見上げる視線で、

「私をだまして？　よくそんなことが言えたものね」

そう言って彼女は、国保から預かっていた手紙を紀伊内侍のまえに放った。

「……ッ!!」

「見覚えがあるようね。そりゃあ、そうよね。あんたが同僚から盗んだ手紙だもの」

「し、知らない！」

「それを別の貴族のところへ送りつけ、あまつさえ同僚のところへ夜、忍べるように手はずを整えると持ちかけたんでしょ？」

「何を証拠に――ッ」

清少納言はにやりと笑う。

「へえ？　証拠がないと思ってるんだ？　ふーん」

紀伊内侍が焦った。

紫式部を見れば、ただ沈黙している。

清少納言に顔を戻せば、こちらはにやにや笑っているばかりだった。

御簾《みす》を降ろした局は暑い。だが暑さだけでは説明がつかないほど、紀伊内侍は汗を流していた。

証拠は、みるこが女童仲間から聞いてきた話と、内侍司の女官たちの噂話がすべてだ。国保に忍んでいくようたきつけたのは事実だが、残りの部分は紀伊内侍が開き直ったら逃げられてしまうかもしれない。

だからこそ、清少納言は〝鰻〟を選んだのだ。

物の道理や是非ではなく、憧《あこが》れている伊周のまえで恥をかかせる——これが唯一、紀伊内侍のような女には効くと踏んだのである。

恥で心をかき乱されているいまなら、清少納言が余裕の態度を見せれば勝手に自滅する、とも。

「みんなで伊周さまをお慕いしていたのに、あいつだけ抜け駆けしようとしたから——」

「この手紙の主ね？」

「ええ。だから、みんなの和を乱す奴をちょっと懲らしめてやろうと思って、男をけしかけようとしただけじゃない」

「つくづく信じられない。それで同僚を襲わせようとしたの?」

と問うと、紀伊内侍は嘲《あざけ》るような笑いで答えた。

「そこまで私は悪人ではないわよ。男を選ぶときに、忍びにいけるような肚《はら》もなさそうなうだつの上がらない中年の相手を選んだんだから」

「何ですって?」

「お相手との仲立ちをしましょうかと持ちかけたら、それだけで真っ赤になってしまって。そのくせ、相手の年だけは変に気にしてて気持ち悪かったわ。思った通り、夜、忍んでくるような度胸もない腑抜《ふぬ》けで、つまらないったらありゃしない」

清少納言は右手を上げた。

「この、女の面汚しッ」

そのまま紀伊内侍の頬を打擲《ちょうちゃく》しようと振り下ろす。清少納言、と紫式部の叫ぶ声がした。

「ひッ」と息をのんで、紀伊内侍が目をきつく閉じる。

しかし、何かを打ったような音はなかった。

清少納言が彼女の頬に触れる直前で、右手を止めていたのだ。

「あんたを打つなんて、自分の手が穢れるわ」

「………」

紀伊内侍は恐怖に色を失い、小刻みに震えている。

「伊周さまに手紙を出した同僚はたしかにみんなとの約束を違《たが》えたかもしれない。けれども、ただの約束破りで済ませられるほど安易な気持ちで、あんな手紙が書けると思う？　恋の仲立ちを申し出て顔を赤らめた中年がただの腑抜けだったとあんたに言えるの？　どちらも、彼女、彼なりに、恋の想いを持っていたかもしれないじゃない」

「……え？」

紀伊内侍の目に困惑の色が強くにじむ。

おそらく彼女は、清少納言が何に怒っているかはわかるまい。

それがわかる人間だったら、同僚や国保にあのようなひどい嫌がらせを思いつかないだろう。だからこその〝鰻〟だったのだが――言わずにはおれなかった。

「あんたは、人の大事な心を土足で踏みにじったのよ。同じことをされてたら、どう思った？　鰻よりも小さそうな頭で考えてみることね」

「な、何を――」

紀伊内侍はまだ動揺がおさまっていないのか、うまく言葉を発せられない様子だ。

「置物あらため助手の紫式部も、ちゃんと紀伊内侍の自白を聞いていたわね？」

「ええ」と紫式部が冷ややかな声で答えた。

清少納言は紀伊内侍に顔を少し近づける。

「中宮さま付き女房の私と、女御さま付き女房の紫式部が、あんたの企みをすべて知っている。今後、弁の将やその同僚、話を持ちかけた中年貴族その他にあんたが意趣返しでもしようものなら……わかってるわね?」

紀伊内侍がまた震え始めた。

「……私に後宮を去れというのですか」

眉間のしわを深くしながら涙を流している。

「反省の涙?」

「反省なんてするもんか。悔しいのよっ」

清少納言は静かに目を細めた。

「別にあんたに後宮から出てってもらう必要はないわ。これですんだのだから、ありがたいと思いなさい」

「え?」

「自分のことくらい自分で考えなさいってこと。鰻を食べて精がついたでしょうから、明日からも、もりもり働いてくださいまし」

さしあたってはまだ盂蘭盆の準備がある。紫式部が「どうぞお勤めにお戻りください」

と淡々と告げた。紀伊内侍は逃げるように局から出ていった。

盂蘭盆会の儀式は滞りなく終わった。荘厳な仏事に御仏の慈悲を垣間見たようで、参列者はみな深い感動を静かに味わっている。

後片付けが終わる頃には、日は西に沈んでいた。

宵の明星が輝いている。

静謐《せいひつ》な内裏にあって、清少納言は国保を呼んでいた。

真相を知れば知るほどに、手紙の相手に恋心を抱き続けていた国保へそれを教えるのがかわいそうで、誰も引き受けないだろうと考えたからだ。

清少納言はその役目をひとりで背負った。ただ、男とひとりで会うのは憚られたので、一応、則光にも同席をさせている。国保は最初、則光の同席に驚いたが、同意してくれた。先日のように女房がたくさんいるのは落ち着かないらしい。

ましてや、男女の話だ。

清少納言は、そもそもの発端からことの顚末を語って聞かせた。鰻を食べさせて懲らしめたのも話した。さすがにこれには国保、目を丸くしている。

話がすべて終わると、国保が確認するように言った。

「つまり、あの手紙は私宛《あて》に書かれたものではなかった、ということですね」

「はい」と清少納言が答える。

なぜか鼻の奥がつんとした。

「そうですか……」

国保が肩を落とす。

彼自身、最初から、間違いだろうと言っていた。

けれども、いまの落胆ぶりを見ているとただの間違いだったではすまない何かを感じざるを得ない。

「く、国保どの。気を落とされるな」

と、則光がわざと大きな声を出した。

「則光どの……」

「なーに。女は星の数ほどいる。国保どのの魅力をきちんとわかってくれる女はきっといますよ。……かく言う俺自身が独り身なので、説得力に欠けるかもしれませんが……そうだ、一緒に飲みましょう。飲んで語って、次の恋を探すのです」

則光なりの親切心なのだろうが、何かずれているような気もする。やはり紫式部を同席させておくのが無難《ぶなん》だったか。あるいは恋多き女の和泉式部から国保へ何か助言を仰ぐべきだったか。

お気遣い、感謝します、と国保は笑顔を見せた。

「ここだけの話にしてください。本当はあの手紙を読んだとき、何かの間違いだというのは頭ではきちんとわかっていたのです。けれども心のほうが、あることに気づいて激しく揺れてしまった」

「国保どの……」

国保がほろ苦い笑みを浮かべる。

「字がね、似てたんですよ。昔の女に」

「――左様でしたか」

「いまから三十年近い昔です。自分で言うのも何ですが、これでも若い頃は、伊周さまとまでは行きませんが、こんな猿じわもなく、それなりに見られたものだったのですよ」

額のしわを撫でながら、国保が目を細める。

若き日に出会った、初めて契《ちぎ》った女。

つややかな黒髪と澄んだ瞳と落ち着いた声に、温かな笑顔。

女のやさしさも怖さもぜんぶ教えてくれたような、忘れられない人。

国保の語る女の思い出は断片的で、容貌もはっきり伝えてはくれないが、それゆえにこそ聞いている清少納言たちに強く印象づけられた。

「いままで国保どのがおひとりでいらっしゃったのは、その女性のことが忘れられなかったからなのですね」

と則光が尋ねると、国保はかすかに頬を赤らめた。

「さて、どうでしょうか。私はそんなにうぶではないと思いますが……。それに相手の女は、もう二十年以上まえに若くして死んでしまっていますから。──私は何にもしてやれなかった」

「ああ……そうでしたか──」

「男というのは愚かなものですな」

清少納言はふとあることを思い出して尋ねてみた。

「仲立ちを申し出た女官に、相手の年齢を確認されたとか……？」

国保は苦笑して頭を掻く。

「あまりに文字が似ていたので、もしかしたら、と思ったのです。あの人と自分との間の娘ではないか、と」

「え……」と則光が驚く。

「別れて彼女が亡くなるまで一年ありました。だから、もしや、とも思ったのですが、ははは、年齢が合いませんでした」

「もし娘だったとしたら……？」

「名乗り出たかどうかは、何とも言えませんが」

「…………」

清少納言は静かに国保の話を聞いている。

国保が弁の将を訪ねてきたときも、若い女官の好みそうな薫香を聞きたかったと言っていた。いまにして思えば、それは娘に嫌われたくない父親の心配のようなものだったのかもしれない。

暗くなった庭に、蛍が揺らめき始めた。今年の夏の名残だろう。

青白い光の明滅が、今日は涙が出るほどに、深い……。

懐《なつ》かしい何かを探すような目つきで、国保は熱い息を漏らした。

「この年ですからね、その手紙を書いた相手の女とどうこうなりたいとは考えていませんでした。ただ、若い頃のあの人の面影《おもかげ》が、恋しくて――」

国保の失われた思い出を聞きながら、則光の両頰に涙が伝って落ちている。

そういえば和泉式部が言っていた。「恋の匂いがする」と。手紙を書いた女官を指しているると思っていたが、違ったかもしれない。ひょっとしたら和泉式部だけはあの段階で国保の遠い日の恋の残り香を敏感に嗅ぎ取っていたのではないだろうか。

つまらない中年の昔話を聞かせてしまったと苦笑する国保に、清少納言は呼びかけた。

「国保さま」

「はい」

「同じ女として申し上げます。その女性は若くして亡くなったかもしれませんが、あなたのような誠実な方に愛されて幸せな人生だった、と」

「清少納言どの……」

「彼女も、あなたを心から愛していたと思います」

国保の唇がふるえる。視線を外に向け、何度か口で息を吸って堪えようとして――とうとう透明な涙が溢れた。

「ありがとう、――」

局に、国保の押し殺した嗚咽《おえつ》が響いている。最後に誰かの名を口にしたようにも聞こえたが、気のせいだろうか。それは失われた女の名だったかもしれないし、あるいは清少納言の名を呼んだだけかもしれない……。

国保の涙を拭うように、蛍が舞う。

今日は盂蘭盆会。きっとその女の魂もあの世から都に戻ってきているだろう。

清少納言は、「今宵の物語です」と定子へ静かにひとりの男の恋を語った。

今日も蛍は飛び交っている。

数はもうすっかり少なくなっていたけれど。

それは巡り会おうとして巡り会えず、別れたくないと思いながら別れていった恋の想いの交錯か——。

伏し目になってじっと耳を傾けていた定子だが、話が終わるとそっと歌を口にした。

かれはてむ　後《のち》をば知らで　夏草の
　深くも人の　思ほゆるかな

——枯れ果ててしまうあとのことなど考えもせず、夏草が深く繁《しげ》るようにただただあの人のことを深く思っている……。


いつものように定子は清少納言があえて語らなかった部分まで感じ取っているようだ。

だから、歌でそっと返した。

思ふてふ　言の葉のみや　秋を経て
　色も変はらぬ　ものにはあるらむ

——「思っている」という言葉だけが、秋という季節が過ぎても、色あせずに残っていくものなのか。

「春の華やぎは、夏の盛りを経て、秋に色あせ、冬に散っていく。やがて人も木の葉が散るようにこの世を去る。けれども、こうして交わした言葉だけは残っていくのね」

と定子がかすかに目を細めた。

「すべては無常。けれども私はそれが無意味の別名とは思いません。無常なればこそ、人は未来を夢見、現在を慈しみ、過去を偲《しの》ぶのだと思うのです。そのとき人は、いまを生きていながら、来し方行く末のすべての時と場所と人の輪の中に自らが生かされていると悟るのではないでしょうか」

遠くで誰かが琵琶《びわ》を弾《ひ》いている。定子が清少納言を呼び寄せた。その温かな息が感じられるほどのところで、そっとささやきかける。

「清少納言。あなたの言葉は、春の花びら、たくましい夏草、舞い散る秋の葉、しんしんとした冬の雪。これからも折々にその言葉で私を包んでくださいね」

定子の甘い香りとどこか艶然とした眼差しに、清少納言こそ天女の衣に包まれてしまったような恍惚感に満たされ、平伏《ひれふ》した。「御心のままに」

蛍がゆったりと闇の中へ消えていく――。

第四章　墨染めの屛風《びようぶ》

盂蘭盆会が終わって数日が経った。

蟬の声は相変わらずだったが、鳴き声がくつくつほうし（ツクツクホウシ）と変わってきている。

「もう暑さも終わりかしら」

と見えない蟬を探すように外を眺めながら、清少納言が独り言のように呟いた。

「くつくつほうしが鳴いて、夕方には蜻蛉《とんぼ》も飛んでいます。仲秋《ちゆうしゆう》はすぐそこ」

手を休めずに紫式部は答える。

夏の名残の終わりは秋よりもうらさみしい。

国保の一件の顚末のおかげでどことなく、もののあはれな心地を味わっている。弁の将はもちろん、紫式部や和泉式部にも国保の本心について、話をしてあった。本人の了承は得ている。

「その忍ぶ想いの何と奥ゆかしき美しさ」と和泉式部は言葉を尽くしていた。他の者たちは清少納言を含め、ほろ苦くほろ甘い憧憬の念に自らもたゆたっている。

そのせいもあって、清少納言は紫式部が久しぶりに文机を並べたいと言ってきたのをそのまま許していた。

残暑と秋風の狭間《はざま》で、互いに自らの想いを綴っていく。

『枕草子』は物語ではないので、若き日の国保や昔の恋人の面影を追いかけられないでいた。さりとて露骨に国保の名前を出していい内容とも思えない。言葉が行き場を失う。想いだけが取り残される。もどかしい。『源氏物語』という物語の場を持っている紫式部がいっそううらやましくも思えた。

もっとも、紫式部は紫式部で物語を書き続ける苦しみに懊悩《おうのう》するわけで、他人がうらやましく見えるのは世の常だった。

「国保さま、いい人が見つかるといいのだけど」

と清少納言が頬杖をつくと、紫式部が今度は筆をおいた。

「私もそう思う」

すると清少納言がいたずらをたくらむような笑みになる。

「ねえ、紫ちゃん。どう?」

「何がですか?」

「あんたと国保さまとの交際。いいと思うんだけど?」

彼女の冗談に紫式部が複雑な表情になった。

「どうしていきなりそういう話になるのですか。それを言ったらあなただって、その、どうですか、国保さまのこと」

清少納言は苦笑しながら空いている手でくせっ毛をいじる。

「辞退します。――いい人だと思うし、がんばってほしいと思うし、幸せになってほしいと思うけど、自分がその役はやりたくないって。人間はただのわがままなのかしらね」

そのときだった。奥深い薫香が去りゆく残暑の風に逆らって清少納言の鼻に届く。考えるより先に姿勢を正した。

「あら、この香りは」と紫式部が気づいたときには、清少納言は文机から後ろに下がり、両手をついていた。

「中宮さま。このようなところへお運びとは……」

局のまえの簀子に定子がやってきている。中納言らふたりの女房が後ろからついてきていた。定子は女房たちに何かを言うと、ひとりで局に入ってくる。

「ふふ。清少納言ったら、この数日、昼間はずっと紫式部どのと一緒だというではありませんか。私はすっかり嫌われてしまったのかと心配になって来てみたのですよ」

と腰を下ろした定子がかわいらしく微笑みながら言う。あまりの可憐さとかたじけなさ、さらにきわどい冗談に、清少納言は背中に鳥肌が立った。

「まことに申し訳ございません。中宮さまのためであれば、こんな紫のひとりやふたり、ぽいっと捨てて飛んで参ります」

紫式部がかちんときた顔でこちらを見たが、本心だからしょうがない。

定子は花のように笑った。

「ふふふ。紫式部どのは女御さまの大切な女房。そんなことをしたら女御さまが悲しみますよ?」

「はい……」

定子が紫式部に目線を動かして、

「うちの清少納言はときどき口が悪くなるのだけど、私に免じて許してくださいね。紫式部どの」

紫式部が真っ赤になった。

「と、とんでもないことでございます。私、漢字の『一』も読めない無教養で不作法の粗《そ》忽者《こつもの》にて……」

何を言っているのかわからなくなったのか、最後のほうは口の中にのみ込んでしまっている。清少納言は彼女をひじでつついた。

「あんた、何、うちの姫さまのまえで緊張してるのよ」

「あなたこそ。初めて見ましたわ、しどろもどろの清少納言」

「黙れ、妄想物語姫。うちの姫さまはやらんからな」

「何を、有能毒舌家。中宮さまの御前ですよ!?」

定子が目の前にいるいまは、さすがに清少納言の分が悪かった。彼女が頰を膨らませ気味に黙ると、定子がまたころころと笑った。

「あらあら。そんな顔もするのね。清少納言」

「あ、いや……」耳まで熱くなる。

「ところで、先ほど局のまえに来たときに聞こえたのだけど、どなたかの恋人の話をしていたのかしら?」

「そういうわけではなかったのですが……」と、先ほどの話を清少納言が説明した。うんうんと頷きながら聞いていた定子だが、話が終わると、

「清少納言も紫式部どのも、ふたりともやさしいのですね」

常時なら清少納言は喜びそうなものだが、定子から目線をそらして自嘲するようにしている。

「そんなことは……。ただ、何となく中途半端にしか関われないで、適当にくちばしを挟んだだけのようで。だからといって、私がその方と妹背になるというわけでもなく。どこかすっきりしないのです」

「清少納言」と定子が手招きする。

「はい」

「それは仕方がないことなのですよ」

と言う定子のまなざしの深さになぜか目頭が熱くなった。

「…………」

「主上は毎日人々の幸福を祈っています。けれども、主上が誰かの代わりに荷物を運んであげたり、男女のいざこざをすべて調整してあげたりはしません。なぜなら主上のお身体はひとつ。お時間はみなと同じ一日。ぜんぶはできません」

だから主上としてもっとも大切な神事と政に専念し、それ以外は他の人にゆだねるしかない。そのための太政大臣や摂政《せっしょう》・関白《かんぱく》であり、それによって他の貴族も活躍の場ができる。

「人がこれだけたくさん生きているのは、ひとりひとり考えが違い、生き方が違い、好き嫌いが違うから。あなたもいつも言っているではないですか。花はひとつだけではつまらない。いろんな花がいろんな場所でいろんなときに咲いてこそ、世の中は美しい、と」

「そんなことを申し上げたこともあります」

そのすべてをあるがままに集めて愛でて――世界はかくも美しいのかと定子に笑ってもらいたいのだ。

「大丈夫。その方がよい方なら、きっとその方のそばで咲く花が出てきましょう。もしその方が、過去の思い出をずっと抱きしめて生きていくというのなら、それもまたひとつの恋の形。その方にとっては幸せなのかもしれません」

自分より一回りも年若なのに、この見識。さすが中宮さまだと、さらに深い敬意を抱く。清少納言はあらためて頭を下げた。

「中宮さまのお言葉は、私の心の霧をはらしてくださいました」

「よかった。後宮の方々はもちろんだけど、あなたには笑顔でいてほしいから」

もったいない、と言いかけてふと見えた定子の瞳に冗談ではない光があった。

かつて清少納言が後宮へ来てすぐのあれこれは、定子にとって大きな意味を持ってくれていたようだ。清少納言にとってうれしくはあったが、同時に定子の孤独がまだ深いことも表している。

定子に心からの笑顔を――まだそこに至らぬ不徳の身を恥じる。

清少納言が出仕した当初から比べれば、定子は年相応の表情の動きが出てきた。しかし、まだ遠い。男社会や道長たち権勢家の道具としての位置ではなく、本来の国母としての光となってほしかった。それが自らの役割なのだとしたら、国保のことで悩みすぎるのは切り上げなければいけない。

あとは神仏の御手に委《ゆだ》ねるしかないときも、世の中にはあるのだ。

「私も、中宮さまの笑顔のために精進いたします」

「ふふ。ありがとう。そうそう。恋の話と言えば道長さまがまた何かをお作りになっているようですね」

「道長、さまがですか」

いつもの調子で呼び捨てしそうになった。

「恋の絵を描いた新しい屏風を作っているそうで」

「恋の絵!?」思わず声が裏返る。咳払いをして仕切り直した。「女御さま入内のときにも屏風を作っていらっしゃったとか」

「ええ。有名な歌人に歌を詠んでもらって屏風に書き付けたのですよね」

そのときに、小野宮流の藤原実資が「このような前例は聞いたことがない」と、歌作りの要請を断ったのである。

「今回は恋の絵の屏風を女御さまに……?」

「ご自分の邸でお使いになるようです。何でも『伊勢物語《いせものがたり》』とか『源氏物語』とかの有名な場面を屏風の絵にするとか」

「左様でございますか……」

紫式部に首をねじ向けた。聞いてないんですけど?

清少納言の視線から逃げるように紫式部が顔をそらした。

「何だかそのようなものを作るので、『源氏物語』をところどころ使わせてほしいという話がありました」

「なぜ内緒にしていたの?」

「……あなたの耳に入ったら、きっとまた首を突っ込んでくると思ったので」

「ただの屏風作りにまで首を突っ込むほど私は暇ではないのよ？」

「それはわかりません。そしてお忘れかと思いますが、私は女御さま付き女房であり、道長さまは主の御尊父にあたるのですから」

定子がくすくすと笑う。中宮に笑われて、清少納言の頬が熱くなった。清少納言の性格をよくわかってるのね、と定子が言ったが、こればかりは同意しかねた。ふたりは互いに不本意そうな表情で顔を見合っている。

「私の清少納言をよろしく頼みますね」

「が、がんばります」と紫式部が緊張の面持ちで返した。

定子が局から出ていくと、あらためて清少納言は紫式部を睨み、咳払いをする。

「――さて。執筆に戻りましょうか」

そうね、と答えた紫式部が筆を執らずに重くため息をついた。清少納言は楽しげに彼女を見つめる。

「さっきの屏風。中宮さまの手前、あまり道長の行いにあれこれ言うのも気が引けたから根掘り葉掘り聞かなかったけど、何が気に食わないの？」

「気に食わないっていうか、勘弁してほしいというか」

話を切り上げようと筆を持つ紫式部。

「それを気に食わないって言うのよ。で、何？」

やっと手にしたばかりの筆を再びおいて、紫式部が顔をしかめる。

「……私、そもそも関わりたくないのよ。アレ」

何だかんだ言いながらも真面目で面倒見のいい紫式部が〝アレ〟呼ばわりするのは珍しい。清少納言はかえって興味がわいてきた。

これは、どう考えても見に来てほしいという暗喩《あんゆ》だろう――そう受け取ったのだ。

彼女は紫式部の肩をたたいた。

「じゃあ、行こうか。助手」

「どこへですか。しかもその呼び方をされるときはろくなときではありません」

「土御門殿――藤原道長の邸よ」

「あなた、屛風に何かしようと――」

「まさか。最初は興味なかったけど、あんたの話を聞いたら気になってきたのよ。――あ、事と次第によっては屛風を粉砕するかも」

「清少納言っ」紫式部が目をつり上げる。「ああ、やはり聞かせるのではなかった」

大丈夫よ、と清少納言が手をひらひらさせた。

もし紫式部が断固として清少納言の道長邸行きを阻止していたら、このあとの事態はかなり切迫した様相を呈《てい》していたはずだ。

だが、神ならぬ身の紫式部は自らの失言を悔《く》いるようにため息をつきながら髪をかき上げて、清少納言に付き合うばかりだった。

藤原道長の邸、土御門殿は平安京《へいあんきょう》左京《さきょう》一条《いちじょう》四坊《しぼう》十六町《じゅうろくちょう》にあった。土御門大路の南、東京極《ひがしきょうごく》大路の西に面している。のちに隣接する土地にも拡大したので、東西一町（約一二〇メートル）、南北二町（小路《こうじ》含めて約二五〇メートル）の広さを誇った。発足当初、四〇〇人余が学んだ大学寮が二町四方であるから、その広大さが窺い知れるというものだった。

　この広い敷地《しきち》には道長だけではなく、紫式部も邸を作ってもらっている。だから、紫式部にとっては自邸に戻るわけでもあり、清少納言にとっては彼女の邸に遊びに行くのも兼ねていた。

「相変わらず、ばかばかしいほど広いわねえ」

　と、牛車に揺られながら清少納言が敷地のなかを眺める。衵扇を使いつつ、空いている手で額に廂を作って遠くを見る仕草をしていた。

「広いですね」

　と同乗している紫式部が何の感慨も感じさせない声で答える。

牛車を降りると、挨拶に出た女房どもの数が先日より多かった。警戒されているのだろうな、と祖扇の下で苦笑する。前回この土御門殿に来たときには、とにかくあらゆるところを引っかき回して歩いたのだから。

ところで、彼女のあとに牛車を降りた紫式部も、頬のあたりが硬い。

「どうかした？」

「私も久しぶりなのです。土御門殿に来るのは」

清少納言は黙って彼女の横顔を見つめていた。

案内の女房に従って、なかに入る。

簀子も勾欄《こうらん》も、塵ひとつない。庭に目を転じれば、萩が紫色の花をつけようとしていた。木の葉の影の濃さが最後の夏の名残を残していたが、枝を揺らす風は心地よい。向こうの池のほうで、何人かの女房が遊んでいるのも涼やかだった。

母屋に道長がいる。笑いをかみ殺すように軽く顎をあげて二人を出迎えた。

「これはこれは、清少納言どの。それに紫式部。よくぞお越しくださった」

「突然のご無礼、申し訳ございません。珍しい屛風をお作りになっていらっしゃるとか」

「うんうん。それを見に来たのだろ？　聞いている」

日頃、何かとぶつかる清少納言相手なのだが声の調子は上機嫌である。むしろ自慢したくてうずうずしているように感じられた。

道長が自ら立ち上がって西廂へ案内する。大股《おおまた》に歩きながら、こんな説明をした。

「本当なら昨日できあがっているところだったのだがね、ちょっと最後の一面だけ仕上げきっていないんだよ。それで西廂で最後の作業をしてもらおうと思っていたところなんだ」

「左様でございましたか」

「完成してからご覧に入れたかったが、ちょうど完成するところを見てもらうのも趣があっていいだろう」

なるほど、自慢したくなる堂々たる屏風だった。六曲一双で、高さはこの土御門殿にあわせて作っているようだ。周りは漆の枠で縁取られ、それぞれの扇（面）には螺鈿《らでん》などで繊細な模様が施される。そこに、くっきりした色と筆使いで絵が描かれていた。

問題はやはりその絵にあった。

とくとくと屏風について語る道長の目を盗んで、清少納言は紫式部に目配せした。

「紫、紫。これ――」

「ええ」と紫式部がうんざりした目つきで頷く。「その屏風絵の男はぜんぶ自分の顔に似せて描かせているのです」

描かれている男の顔は道長にたしかに似ていた。

「どうしてこうなったの？」と清少納言。すでに声が震えていた。祖扇で顔を隠せる有り難さよ。空いている手では、こっそり自分の足をつねる。

紫式部があらためて重々しく告げた。

「『伊勢物語』や『源氏物語』の主人公の男や他の歌から取った場面などを、屛風ではぜんぶ自分の顔にして描けと道長さまは命じたのです」

『伊勢物語』は、『源氏物語』登場まで本朝でもっとも有名な歌物語にして恋物語だった。主人公の「男」の一生とその恋の遍歴を綴っていく。その歌の多くはいまから百数十年まえに実在した在原業平《ありわらのなりひら》の詠んだものが収められていた。『伊勢物語』の主人公は数多くの恋をささやく色男であるが、現実の在原業平も物語に勝《まさ》るとも劣《おと》らない――それどころか最高の色好みにして並ぶ者のない美男だったと伝えられている。

当世において〝色好み〟とは単なる好色を意味しない。恋の機微に通じ、雅な立ち居振る舞いと心があり、容貌も優れている男だけが、色好みと称された。

残念ながら、道長は業平には遠く及ぶまい。

『源氏物語』について言えば、主人公の光源氏《ひかるげんじ》はその名の通り、光り輝くばかりの美貌を持っている。源　融《みなもとのとおる》など何人かの人物がもととなっているのではないかと言われていたが、どうもひとりの特定の人物から光源氏を生み出したのではないらしい。いずれにしても、道長がもととはなっていなかった。

道長がどう考えているかは知らないが、清少納言が『源氏物語』を読むに、あの男では光源氏の足元にも及ばない。

むしろ、道長に似た顔の男が真剣に恋に苦しんでいる絵など、失笑を禁じ得ない。

「――上質の紙を贅沢《ぜいたく》に使った。これだけの大きさとなるとそうそう作れる職人はいないからな。それと漆も極上の素材を手配した。螺鈿は――」

道長が能書きを並べている。素材の自慢の次は技法の自慢。自らが職人でもあるまいに。

「――ご覧の通り、なかなか出来がよくてな。職人たちががんばってくれた。この土御門殿に置いておこうと思っているが、主上に献上してもいいかとも考えている」

だが、問題はそこではないのだ。

「すてきな屏風……屏風で、すこ、う――ぶははははは」

何という自己顕示。何という子供っぽさ。

一応、我慢しようとしたのだが、無理だった。

道長が怪訝な顔をし、紫式部が蒼白《そうはく》になる。

「何がおかしい」

「いえいえ。失礼しました」と謝るが誠意はない。「なぜでしょう。不思議とどの絵も男の方が道長さまに似ていらっしゃるような気がして」

すると道長は変に澄ました顔になった。

「うむ。私もそれは不思議に思っていたが、こういうこともあるのだろうな」

「ご自分でこのようにお命じになったのでは?」

「うん? まあ、物語の男どもの顔はなかなかわからぬから、私の顔を創作の足がかりにしてはどうかというくらいは言ったかもしれぬな」

偶然の所業だと言いたいらしい。一応、恥ずかしいという気持ちがあるのかと思ったが、すぐに否定する。むしろこの件に関して羞恥心《しゅうちしん》はまったくないのだろう。自分の顔に似せて書くように命じたという紫式部の証言がある。澄まして知らん顔できるのは、確信犯と言ってよいだろう。

清少納言は滑稽さを通り越して不可解な寂寥《せきりょう》すら覚えた。このような形でしか自らの権勢を確認する手段のない道長という男とそのような男の社会が心貧しく思えたのだ。しかも自慢する対象が女の清少納言である。まあ、見に来た自分も自分なのだが、このような屏風を作る財力も人脈もない女房相手に嬉々《きき》としてどうするのだろう。

「ご自分のおそばに置いておいてもよいのではないですか。主上には、行幸の際にお目にかければ」

ごまかすためにやや投げやりな気持ちでそう言ったのだが、道長が一瞬沈黙し、そのあと感じ入ったような声を出した。

「なるほど。これから主上がこちらにお運びになることも増えるかもしれぬか。清少納言どのも時勢をそのように読むようになられたか」

「ほほほ」と笑っておく。紫式部が渋面でこちらを見ていた。

こんな屏風を献上されたら、四六時中道長に見つめられているみたいで、主上がおかわいそうというのが本音である。

道長は両手をすりながら、屏風に向き直る。

「屏風のそれぞれの扇には、いま都で流行の物語や歌をあしらい、その場面を絵にしている。まず最初は『伊勢物語』の『東下《あずまくだ》り』。男の恋の悲哀が出ているからな。それから次が――」

と、こちらでも事細かな説明が始まった。紫式部は感心した目つきをして聞いているようだったが、清少納言は恬淡《てんたん》と聞いていた。目だけ動かして道長のお付きの者たちを見る。何度も聞かされているだろうに、彼らはいちいち真面目に頷いていた。ご苦労なことである。

とはいえ、道長が自慢するだけのことはあった。

『伊勢物語』『源氏物語』だけではなく、『古今和歌集』の恋の歌も絵にされている。どの扇も一切の妥協がない。主上への献上品となっても遜色《そんしょく》なかった。

物好きねえ、と小さく独り言を呟くと、紫式部が咳払いをする。彼女には聞こえてしまったようだ。

「最後の第六扇だけ、まだ絵が描かれていませんのね。――文字も」

道長が大仰にため息をついて見せた。

「ここだけ、まだ取り上げる題材が決まっていないのだよ」

「あらあら。それはまたどうして」

紫式部が頭を悩ませている『源氏物語』の続きを待っているのだろうか。

しかし、道長は予想外の内容を言った。

「和泉式部が歌を詠まぬでな」

「和泉式部?」

「話でもいいのだが。あの女は恋が単《ひとえ》を着たような〝浮かれ女〟だが、歌はよい。その歌なり、恋の物語なりを披露せよと言っているのだが、のらりくらりとかわしおる」

あのほんわり女も意外に気骨があるな、と清少納言は扇の下でにやりとした。

そのとき、ひとりの女房が西廂にやって来て、和泉式部の来訪を告げる。通せ、と道長が命じると、少しして一足早い紅葉のような赤く美しい衣裳の女房がふんわりとした笑顔で入ってきた。和泉式部だった。

ここは自分の邸扱いなのか、衵扇で顔を隠してもいない。

彼女は清少納言と紫式部を見つけると目を輝かせた。

「あら。あらあらあら」と和泉式部がふたりのそばに寄ってくる。「ふたりが土御門殿へ一緒にお出かけしたって聞いたから、私も来たんです。〝助手その二〟なのに仲間はずれはずるいです」

紫式部が白い目を向けた。

「左様でございましたか。それよりも〝助手その二〟とか、やめたほうがいいと思いますよ」

「うふふ。私、気に入ってるのよ？」

道長がもみ手をせんばかりに和泉式部に笑いかける。

「ちょうどいいところに来てくれた、和泉式部。以前から話していた屛風だ」

「立派な屛風ですこと」

「それで、最後の一扇をおまえのために空けておいた。恋の歌なり恋の話なり、そこにしたためてくれぬか」

和泉式部は微笑みの表情のままで首をゆっくりと左右に交互に傾けながら、屛風一扇一扇を眺めた。行きつ戻りつしながらじっくり屛風を見つめている。

筆、と屛風から目を離さず、微笑んだままの和泉式部が右手を差し出した。

「おお、何か書く気になったか」

と道長が笑顔になる。

筆、と和泉式部が繰り返した。

かすかに横を向いた彼女の目が、清少納言を見ていた。

道長が慌てて墨を用意させる。これではどちらが主人かわからなかった。

すぐに墨と筆が用意される。

和泉式部が筆にたっぷりと墨を含ませた。

その様子を見守りながら、清少納言は先ほどの彼女の目の真意を考えている。

和泉式部の顔から笑みが消えた。

右手の筆を振り上げる。

その筆が振り下ろされた場所は、第六扇ではない。『古今和歌集』にある最高の女流歌人、小野小町《おののこまち》の歌とそれを絵にした隣の扇——。

西廂に悲鳴が満ちる。何をするのか、と道長が怒声をあげた。

だが、和泉式部の筆は止まらない。「思ひつつ　寝《ぬ》ればや人の　見えつらむ　夢と知りせば　さめざらましを」という小野小町の歌を台無しにし、その絵を墨の渦で消した彼女の肩を、道長が摑んだ。

だが和泉式部は上の衣を脱いで道長から逃げると、他の扇をも墨染めにしていく。

道長が和泉式部を捕らえる。彼女が衣を捨てる。

そのたびに屛風が墨に汚れていった。

「和泉式部！」

「やめなさい。あなた、何を――」

と清少納言や紫式部も止めるが、誰が彼女を捕らえようとしてもやはり衣裳を脱ぎ捨てて墨を振るっている。

あでやかな唐衣、表着、何枚もの打衣、五つの袿《うちき》が咲いた花のように床を彩《いろど》った。

彼女の衣裳に色を吸い取られたかのように、屏風は黒くなっている。

とうとう赤い長袴《ながばかま》だけになりながら、和泉式部は屏風を墨で汚しきった。


すべてをなし終えた和泉式部は、おとなしく道長の家人たちに取り押さえられた。

「貴様……ッ」

道長が怒りで顔をどす黒くさせている。

和泉式部は反抗的に道長を睨みつけていた。いつものほわほわとした彼女はいない。明らかに道長に対する一定の感情と意志を持っているのが明らかだった。

だが、言葉には何も表さない。

くつくつほうしがうるさかった。

「…………」

あと少しのところで屏風を破損されたのだ。道長の怒りは収まらない。

「ここまでしておいてだんまりかッ」

道長が声を荒らげた。だが、道長が激高するほどに、和泉式部は落ち着き払っていく。

道長さま、と清少納言が声をかけた。

「何とか言ったらどうなのだッ」

「道長さまっ」清少納言が強く出る。「せめて何か着せてあげてください」

床に花を咲かせている和泉式部の衣裳を一枚取り、彼女に背後から抱きつくようにして着せた。和泉式部が軽くこちらを見た。目の奥に自分への好意のようなものがある。

西廂は墨のにおいが充満していた。

何人かの家人が大急ぎで墨を拭《ふ》き取《と》っている。螺鈿は何とかなりそうだが、絵や文字は厳しそうだった。

道長が舌打ちをする。

「ち。よくもここまでやってくれたものだ。私はただ、おまえに歌を詠め、あるいは物語を語れと言っただけだぞ。かつて女御さま入内の折に屏風を作ろうとしたときには、実資に歌を断られていたく悲しかったが、こんな目には遭わなかった」

「…………」

黙っている和泉式部に道長がいらだっていた。だが、清少納言や家人たちの手前、ぎりぎりのところで自制しているようだった。

「どうしてこんなことをしたのだと聞いている。返答次第によっては、貴様を流刑なり何なり厳罰にしてくれる」

清少納言ははっとして顔を上げる。

「ちょっと待った。未完成品の屛風をめちゃくちゃにされたくらいで国法を使うの？」

「めちゃくちゃにされたくらいで、だと」と道長が語尾を上げながら清少納言に向き直った。「この屛風にいくらかかったと思ってる。金だけではない。時間もだ。忙しい政の合間を縫ってこつこつと作らせてきたのだぞ。正当な裁きに引き出して何が悪い？」

清少納言とて、道長の気持ちがわからないわけではない。見事な作りの屛風であるのに異論はないし、童のように道長がはしゃぐ気持ちも理解できた。それをいきなり墨をかけてぜんぶをめちゃくちゃにした和泉式部は、さすがに理解を逸脱してしまっている。

だからと言って、いきなり流刑とは非道だと思った。

「正当な裁き？　流罪相当と、あんたの但し書きのついた正当な裁き？」

「被害を受けた私が厳罰を求めて何が悪い？」

「屛風はまた作れる。しかし、人は、人の人生はそうはいかないのよ」

ただの恫喝《どうかつ》と思いたいが、過去に藤原経俊という若者の未来を奪った道長である。清少納言は柳眉を逆立てた。道長も、彼女がこのように反論する理由に察しはつくはずである。

周囲の者は、和泉式部の蛮行が理解できず道長の怒りはもっともだと思うし、清少納言の反論ももっともだと思うしで、事の成り行きを見つめている。

道長は何度も荒い息を繰り返し、

「では貴様ならどうするのだ」

「屛風を直せばいいんでしょ？」

と彼女があっさりと言い切ると、道長は一瞬呆《ほう》けたような顔になってから大笑した。

「はっはっは。直す？　おまえがか。この屛風を直すと？」

「物なら直せないはずはありません」

道長がこちらをねめつける。

「直せなかったら何とする」

「ご随意に。和泉式部と一緒に私を流刑にするなり、こちらの女房としてこき使うなり」

ほとんど売り言葉に買い言葉の勢いである。紫式部や周りの者たちはもとより、元凶ともいえる和泉式部、さらには道長までもが目を見張った。

「おぬし、自分で何を言っているかわかっているのか」

「だから、その屛風を直せばいいんでしょ？」

「言ったな？」

と道長が残忍な笑いを浮かべる。

「言ったわよ」

清少納言が胸を張った。

「おぬしが言い出したのだからな。忘れるなよ」

「忘れるわけないでしょ。ただ、その代わりちょっと条件がある」

「何だ。早くも怖《お》じ気《け》づいたか」

まさか、と清少納言はくせっ毛をくるくるやりながら、

「私ひとりではさすがに手が回らないから、紫式部を貸してほしいの」

「ちょっと。人を物みたいに」という紫式部の抗議は無視する。

「ふん。紫式部か。後宮でおぬしのところに入り浸っているようだし、別に構わん」

「それと和泉式部も貸して」

道長が睨んだ。

「和泉式部も、だと?」

「そうよ。だって、これは和泉式部がしでかしたことでしょ? 本人に責任を取らせるのが筋ってもんでしょ」

道長が和泉式部を見ると、彼女はそっぽを向いた。

「ち。好きにしろ」

「それともうひとつ」

「まだあるのか」

清少納言が道長に一歩近づく。

「屛風を直したら、和泉式部の罪は不問にすること」

互いににらみ合っていた。

気づけば、くつくつほうしは静まり、鈴虫の音がかすかに聞こえる。

「……直せたら文句は言わん。和泉式部にも貴様にもな」

ではそういうことで、と彼女が場をまとめると道長が足早に西廂から出ていった。清少納言は、道長の家人たちに命じて屛風を運び出させる。修復のためだった。

清少納言は和泉式部の肩をたたいて立ち上がらせる。行こう、と声をかけて歩き出すと、紫式部が和泉式部の衣裳を何枚か拾ってあとを追うのだった。


屛風は橘則光の邸に運び込まれた。

突然の清少納言の来訪に相好を崩した則光だったが、紫式部と和泉式部という後宮屈指の有名人が一緒だと知るとそわそわしだした。やや遅れて屛風が運び込まれ、面倒な説明を押しつけられた紫式部が礼と理を尽くして事情を——清少納言が流刑になるかもしれないところは伏せている——説明するに至って、悩乱した。

「おいおいおい」と眉根を八の字に寄せて清少納言に詰め寄る。「どうして道長さまの屏風をここに運び込むんだよ」

「そんな情けない顔するな。しょうがないでしょ。この屏風を直すには専門の職人たちの力が必要。私たちが普段いる後宮にそんなにたくさん出入りさせるわけにも行かないし」

「そうかもしれないけどさぁ……。なんで俺を巻き込むんだよ」

「巻き込むなんて人聞きの悪いこと言わない」

清少納言と紫式部のふたりで、則光の両親に挨拶をする。父親は則光のように目を白黒させていたが、花山法皇の乳母だった母の右近《うこん》はゆったりと笑って応じてくれた。

「私がいた頃も大変でしたが、後宮は忙しいでしょう」

と右近が目を細める。

「突然のご無礼、まことに申し訳ございません」

「喫緊のことと拝します。ご覧の通り、邸ばかり大きくて人は少ないので、空いているところは存分にお使いください。それと、お手伝いできるようであれば何なりと則光をお使いくださいませ」

横で則光が泣き出しそうになっているが、彼に自分の意見を言う自由はなかった。

則光の両親への挨拶を済ませた清少納言たちは、あらためて屏風の状態を確かめる。

「結構ひどいかもね」

清少納言が腕を組んだ。

「骨組みは壊されていませんから、完全に最初から作り直さなくていいのでは？　それがせめてものことかしらね」

と、紫式部が意見を述べる。枠の漆、螺鈿といったところは丁寧に墨を落とせば交換しなくてもいいなら、修復はだいぶ楽になるだろう。

「あ？　骨組みは大丈夫なのか。それならまだ修復の見込みはあるな」

と則光が首を伸ばした。墨の箇所を触って指先が黒くなり、顔をしかめている。

和泉式部はいつものほんわりした顔つきで屏風を覗き込んでいた。

「じゃあ、分担しましょう。職人さんを呼んで修復作業を指揮するのは助手の紫ちゃんね」

「ちょっと！」と紫式部が抗議の声を上げる。「分担も何も、ぜんぶ私に押しつけてるではないですか」

「そんなことないよ」

紫式部が祖扇の骨をはじくようにした。

「お忘れかもしれませんが、私は女御さまの女房。道長さまに庇護《ひご》される身。あなたを破滅させるために、わざと修復作業を遅らせるかもしれませんよ」

いまはこんなことを言っているが、本当は彼女は牛車では散々に土御門殿での清少納言の言動を責めていたのだ。どこか天邪鬼《あまのじゃく》で、いじましく思える。

「道長は紫ちゃんの主筋。道長の屛風をきちんと仕上げるのがお仕事。真面目な紫ちゃんが手を抜くわけない、でしょ？」

「それは――そう、だけど……」

清少納言は音を立てて衵扇を閉じた。

「紫。その役目の範囲だけにいれば、私をかばったりしなくていいんだから、気にせずやりなさい」

清少納言が低い声でそう言うと、紫式部は眉間に皺を寄せる。

「……私、あなたのそういうところ、嫌いです」

こういうところがかわいいのだ、この才女は。

「ふふふ。あ、そうだ。おまけに則光をつけてあげる」

「それで、あなたは何をするというのですか」

紫式部に詰問されて、清少納言は意味ありげに微笑んだ。

「私の役目は――和泉式部がなんであんなことをしたかを聞くこと」

すると和泉式部はふんわりと微笑んで「はてな？」と首を傾げた。

紫式部が頭を抱えている。

「そうですよ、和泉式部！　どうしてあんなことをしたのですか。私、あなたの歌は嫌いじゃないです。むしろ好きです。それなのにあなた、あんなことして……清少納言を巻き込んで……」

紫式部の声が詰まった。目に涙がたまっている。延々と牛車のなかで清少納言に詰め寄っていたのだが、また気持ちがこみ上げてきたらしい。感極まっている彼女の背を、清少納言が軽く撫でた。清少納言がどうしたんだ、と則光が聞いてきたが、別に、と黙らせる。

和泉式部は目を細めたが、不意に真剣な顔になって頭を下げた。

「遅ればせながら、土御門殿ではまことにお見苦しいところをお見せしました」

「構わないわ。私、道長を好きじゃないし」

「結果として、清少納言さまを巻き込む形になり、申し訳ございません」

「ま、それも乗りかかったなんとやらよ」

「なあ、何があったんだ」と則光が口を挟む。

「この修繕、うまくいかなかったら和泉式部と私は流罪になるの」

「えええええっ⁉」

則光が絶叫した。

「うるさい。黙れ。狼狽えるな」

肘鉄《ひじてつ》を食らわせて黙らせる。

「ぐ、お……」

「これ以上騒いだら、ひどいわよ」

「十分、ひどいぞ……」

「私は負ける戦いはしない。絶対に勝つ」

そう言い切ると和泉式部が目を細める。

「清少納言さま、何と輝いていらっしゃることでしょう」

「ありがとう。知ってる。——でも、どうして」

と問うたが、彼女はくるりと表情を変えてみせる。

「私は私の恋に動かされているだけ。それより、この男の人は清少納言さまのいい人？」

則光が真っ赤になり、清少納言は黙って彼の頭をはたいた。

「痛いっ」

「だらしない顔するな。天敵の分際で」

和泉式部はますます目を輝かせる。

「えー。なになになにー」

清少納言がだんまりを決め込むと、彼女は則光に近づいていこうとした。自分の立場をわきまえなさい、と紫式部に引き戻される。和泉式部はきわめて不満そうな顔をした。

これを聞かねば先に進まじ、と頬を膨らましている和泉式部。清少納言は表情を消して、「昔の男よ」とだけ教えた。和泉式部は大喜びで歓声を上げている。

「まるきりいつもの和泉式部ですね。さっきは何かに取り憑かれていたのかしら」

もし物《もの》の怪《け》の類いに取り憑かれているなら、これは自分たちの手に余った。陰陽師や密教僧の領分だ。その場合、屏風の破損の責任を問われなくても済むかもしれない。

「彼女はたしかに取り憑かれているのよ――恋というものにね」

「え？」

「ねえ、紫。あなただったら、どんなときに『取り憑かれた』ようになる？」

紫式部は顎を引いてしばらく考えていたが、やがて真っ直ぐこちらを見た。

「女御さまを貶《おとし》められたとき。自分のことなら、『源氏物語』を書くのに全身全霊を傾けているとき。あるいは書くために心を集中しているとき――」

そこに清少納言が付け加える。

「『源氏物語』が盗まれるなどして穢されたとき」

紫式部の表情が固まった。彼女がすべてを注《つ》ぎ込《こ》んで書いた『源氏物語』の原稿が盗まれたとき、彼女が一体何をしたか――それを清少納言は思い出させたのだ。

紫式部は無理やり笑おうとする。

「そんな。――あの屏風は和泉式部が作ったものではないし」

「けれども、想いの強さは別だったかもしれない」

と、清少納言は和泉式部を見つめた。和泉式部は雲を見つめて微笑んでいる。

「きっとふたりならわかってくれると思ったんだけどなぁ」


則光の邸に道長の家人たちが何人もやってきた。屏風の件で、どの職人にどのような仕事を依頼したのかを説明するためである。

清少納言は先ほど話した通り、主として紫式部と則光に実際の修復を任せ、自分は和泉式部と共に隣の局に移動した。

事態が事態である。則光も紫式部も指示する声が大きかった。

「まずこれだけの大きさの紙となると――」

「職人のほうで予備はないのですか――」

「塗料の手配は――」

「この修復費用はどこから出てくるのでしょうか――」

隣から聞こえる言い合いに「蟬もどこかへ飛んでいってしまいそうね」と苦笑する。則光が使っている童の竹丸が唐菓子と水を持ってきた。袖扇で鼻から下を隠しているが、なよやかな美女である和泉式部に微笑まれ、竹丸がどぎまぎしている。

「ここの唐菓子、則光の母上が手作りされているの。おいしいのよ」

と勧めれば、和泉式部は素直に手を伸ばした。

「あら、本当。香りも食感も、後宮のものよりすばらしいかもしれない」

「でしょ？」清少納言もひとつ口にする。「うん。おいしい」

唐菓子をひとつ食べ終えると、和泉式部が再び深く頭を下げた。

「いろいろとご迷惑をおかけして申し訳ございません」

「いいのよ。人間、生きていくってことは誰かに迷惑をかけるってことだし」

という答えに、和泉式部は楽しげに笑う。

「ふふふ。清少納言さまはすてきです。私が男ならすぐさま恋に落ちたでしょう」

「ありがとう。私もあなたみたいな人、嫌いじゃないわよ？」

「相思相愛ですね」

「でも、ごめんなさい。私には中宮さまがいるので」

ふたりで楽しげに笑い合う。隣の局からは男たちの深刻な声と、紫式部の冷静な指示が聞こえていた。

「紫式部さま、大変そうですね」

と、和泉式部が申し訳なさそうな目をする。

「さて、それでは教えてもらえるかしら。あんなことをした真意」

すると、和泉式部は背筋を伸ばした。かすかに微笑みながらも真っ直ぐにこちらを見つめている。

「いかがお考えですか」

「単純に、あの絵が気に食わなかったっていうのはどう？」

小手調べとばかりに放った答えに、和泉式部は楽しげに笑った。

「うふふ。たしかに道長さまのお顔では幻滅ですが、それを言い出したら道長さまの顔自体を墨染めにしなければいけなくなります」

ほんわりした顔で案外どぎついことを言うものだなと、清少納言は心のなかに留め置く。

では次の答えをぶつけてみよう。

「私の見立てはさっきも少し話した通り。恋に取り憑かれているから、よ」

今度は、和泉式部が声を立てずに笑った。

「当たらずとも遠からずですが、その程度の問答では夜、女の邸の門は開きません」

「困ったわね。こちらは気が急《せ》いているのに」

「恋に焦りは禁物ですよ」と和泉式部は言い、「もし私の納得いく答えでなければ何度でもあの屏風をめちゃくちゃにします」

清少納言は目を細めてくせっ毛をいじった。

「怖いわね。それでは私はあなたと一緒に流刑になってしまう」

「申し訳ございません。そのときは、お覚悟を」

そこまでして和泉式部が守りたいものとは何なのか……。

向こうで紫式部が思い切り声を張り上げていた。男たちが黙る。『源氏物語』の作者にして後宮最高の才媛のひとりの大声は威力があったようだった。


修復の段取りが見えたところで清少納言たちは後宮に戻った。実際に作業が始まれば邪魔だろうとの配慮と、和泉式部の話をもっと深く聞くためには後宮のほうがよいだろうとの判断である。

後宮に戻った清少納言はさっそく弁の将に捕まった。

「清少納言っ。聞きましたよ。またやらかしたって」

「何て言い方。私は無実よ」

自分の局で弁の将には話をしておく。流刑の可能性も含めてだった。流刑、と聞いた弁の将が軽くめまいを起こす。そんな彼女に、清少納言はしばらく自分の勤めを肩代わりしてくれと頼んだ。

「そりゃ、清少納言はそちらでがんばらないといけないから、普段のお勤めは手伝いますけど」

「頼むね。――紫ちゃん、修復にはどのくらいの期間がかかりそう？」

「今日の打ち合わせでは、すべての職人があの屏風にかかりきりになれば七日で何とか」

「そんなに早くできるんだ」

「紙の予備が多少残っていましたから。あと――」

「あと？」

「道長さまが激怒して全員まるごと処罰するかもしれないと脅したら、何が何でも早く仕上げようって」

一瞬呆気《あっけ》にとられた清少納言だが、笑い声を上げた。

「あははは。紫ちゃん、えげつないことを」

紫式部が赤面した。

「あなたの真似をしただけです。勘違いしないでください。私は道長さまの娘の女御さまの女房。道長さまの屏風をしっかりと修復するだけです」

「ふふ。死んだ怨霊の雷も怖いけど、生きてる道長の雷はもっと怖いというところかしらね。――あ、紫。その修復、何回できるか聞いてる？」

紫式部が怪訝な表情になる。しばらく清少納言の目を覗き込み、ため息をついた。

「妙なこと考えてるんじゃないでしょうね」

「ないない」

「――一回きりよ。あとは紙や絵の具の準備からぜんぶやり直し」

わかった、と頷くと、紫式部にあることをお願いする。

「……できる？」

正確にはあることを保留にしてほしいという願いだった。

「――私は何も聞いていません。ただ、職人さんたちがどの順番で修繕されるかは別の問題です」

頼んだわよ、と笑っている清少納言に、弁の将がしがみつくようにする。

「ほんと、中宮さまが悲しむようなことはしないでくださいよ？」

清少納言が肩を落とした。

「中宮さまの名を出されると弱いのよね……。人生なんて何にも持たずに生まれてきて何にも持たずに去っていくのだから、失うものなんて何もない、出仕するまえの邸にひとりでいる生活に戻るだけだし――と思っても、そうか、中宮さま……」

けれども、和泉式部というひとりの女の言い分を踏みにじった男に妥協して生きていくなら、それは〝清少納言〟ではない。

ただ、問題なのは言い分を通すべき女の側が、清少納言に謎解きを仕掛けてきたということである。これはこれで、いとをかしだった。

「清少納言のぶんの仕事はしばらく私が引き受けます。だから」と同席している紫式部と和泉式部に目線を動かす。「紫式部さま、くれぐれもよろしくお願いします。和泉式部さま、もし万が一があったら私はあなたを一生許しませんから」

がらにもなく捨《す》て台詞《ぜりふ》を残して弁の将が戻っていった。

「……弁の将、泣いてたわよ」と紫式部。

「あんないい子に一生恨まれるのはやだなぁ」と和泉式部が苦笑している。

みるこにも大まかな事情を説明し、則光のところの竹丸が来たら何を置いてもすぐに知らせるように言い含めた。みるこには流罪云々《うんぬん》は話さない。

西の空が赤くなってきている。蟬の声は止み、虫の音が庭から聞こえていた。柱にもたれ、清少納言はみるこの持ってきた白湯をすする。

「白湯、おいしい。——和泉式部？」

「はい」

「後宮へ戻るときに気づいたの。私、まだあなたの話をしっかり聞いていなかったなって。だからあなたの話を聞かせて。時間はまだ何日もあるのだから」

「私の話？」

「そうよ。あなたの——恋の話をたっぷり聞かせて頂戴」

和泉式部は白湯を含んで喉を湿らせた。小さく頷く。彼女の恋の話が始まった……。

清少納言は告白せざるを得ない。

彼女を、恋多き女たる和泉式部を甘く見ていたことを。

和泉式部の恋の話は、まさに遍歴と呼ぶにふさわしい長編だったのだ。

すでに夕方だった一日目は、彼女の幼少の頃の話で終わってしまった。まだ男女の恋に達するまえの憧れのような話だった。

気がつけば清少納言の局で紫式部、和泉式部を含めた三人で寝てしまっていた。

二日目。彼女の夫である和泉守《いずみのかみ》　橘《たちばなの》　道貞《みちさだ》との恋の話になった。この道貞の任国である「和泉」から彼女の女房名が生まれている。

「いい人だったんだけどね。何かこう、一緒に暮らすうちに少しずつ『こんなつもりじゃなかった』みたいなのが積み重なって」

「あー。あるわよね、そういうの」

「それで別々に暮らすようになって。そのときに冷泉帝《れいぜいてい》の皇子の為尊親王殿下と恋に落ちて――」

なるほど、と言うのが精一杯の急転直下である。

和泉式部はそれなりに美貌に恵まれていると思う。

それでも、和泉守という地方官の妻だった人物が親王と恋に落ちたというのは、個人の努力でどうにかなるものでもないはずだった。運にも恵まれていたのだろう。

「私、もともとそんなに高貴な家の生まれではなかったの。父も道貞と同じ下級官吏。そのせいで殿下との恋は周りが猛反対よ。身分違いすぎて遊ばれているだけだとか、逆にこんな身分の家の娘では殿下に無礼極まりないとか」

「大変だったのね」と清少納言が慰めた。

「私の『源氏物語』の夕顔《ゆうがお》みたいなものね。身分違いの恋というのは難しいものです」

と紫式部も頷いている。

「でもね？　殿下と一緒にいるときはものすごく幸せだったの。何て言うかな、殿下がいて私が一緒にいられるだけで満ち足りてる感じ。自分がここにいていいんだってまるごと自分を認められる感じ」

「うんうん」

「私の『源氏物語』でいえば朧月夜《おぼろづきよ》尚侍《ないしのかみ》みたいな感じね」

清少納言は、頷いている紫式部の袖を引いた。「あんた、『源氏物語』でしか恋が語れないの？」

紫式部はむくれた。

和泉式部は秋の青い空を見つめて、

「殿下が『親王』だから好きじゃないの。殿下が殿下だから好きになったの。あどけない女童が不器用な童のやさしさに憧れるみたいに。きっと殿下が平《ひら》の役人でも、武士でも、市の魚売りでも、私は恋した。絶対に」

いままで見てきたどの和泉式部より、美しく見えた。

疲労も眠気も吹き飛んで、清少納言は彼女をまじまじと見つめる。

「なるほど……私のやり方では満足しないはずね。あなたは」

なお、為尊親王との恋は予期せぬ終わりを迎えた。

二十六歳という若さで為尊親王が病によって薨去《こうきょ》したのだった。

和泉式部の恋の遍歴は続く――。


結局、足かけ四日、和泉式部の恋の遍歴を聞くことになった。世に知られていない恋もあったし、片思いで終わった恋も含まれている。

恋の話を聞いて目の下にくまができるとは思ってもみなかった。

途中、則光のところから何度も竹丸が来て、紫式部が則光の邸に足を運んでいた。最初のうちこそ気分転換代わりだったようだが、さすがに四日目に入るとつらそうにしていたものである。

和泉式部はこれまでのあらゆる恋の話をし終えて、いまは気持ちよさそうに眠っている。

翌日、清少納言は彼女の恋の話を丸一日かけて反芻《はんすう》していた。

真夜中、まんじりともせず清少納言は考えをまとめていく。

満天の星、鈴虫の音。夜通し管弦を楽しむ者の、笛の音。

和泉式部と紫式部の寝息が聞こえた。

こんな夜闇のなかで和泉式部はどのように恋を味わっていたのだろう。

その和泉式部が、なぜあんなことをしたのか。

またもう一度同じ行為を繰り返す予告までしたのか。

この謎、いとをかし――。


翌朝早々、みるこが局にやってきた。

「失礼します。紫式部さま、竹丸が来ていますが……」

みるこが申し訳なさそうに伝えた。

「――わかりました」

立ち上がった紫式部が少し揺れている。

和泉式部は眠そうな顔でぼーっとしていた。

「大丈夫?」と清少納言。

「平気よ」

「じゃあ、紫ちゃん。ちょっと頼まれてくれる？」

そう言って清少納言は彼女に耳打ちをした。

保留にしておいたところへの指示である。

空は高く、萩の花が儚げながらしなやかに風に揺れていた。


それから四日後。屛風が道長の土御門殿に運ばれた。修復が完了したのだ。

西廂に運ばれた屛風には布がかけられていて、どのようなありさまかは見られない。

清少納言、紫式部、和泉式部、それに搬入の指揮をした則光がそれぞれの面持ちで道長を待っている。

道長が来た。

「屛風を直して持ってきたと聞いたが、まことか」

「はい」と清少納言が頭を下げる。

布に覆われた屛風を眺めてから、道長が和泉式部を一瞥した。

「謝罪はなしか」

はてな、という顔で和泉式部が立っている道長を見上げている。

道長は鼻を鳴らして、屛風を覆っている布に手を伸ばした。清少納言が「道長さま」と声をかけると、胡乱《うろん》げに振り返る。

「何だ」

「畏れながら、この清少納言、間違えておりました」

突然の謝罪に、道長だけではなく紫式部たちも驚いていた。

「どうした。珍しく丁寧な言葉遣いになって。まさか修復ができなかったとかこの場になって言うのではあるまいな」

道長め、丁寧な言葉遣いに警戒するとは……。

「修復はなりました。けれども、これは道長さまだけのものにするには惜しい」

「何？」

「主上に献上するのがふさわしいと愚考いたします」

道長が喜怒哀楽の混じった表情を見せ、懐から檜扇を出していじりはじめた。

「ほう。やはりそれだけすばらしかったかね」

ええ、と答えた清少納言が立ち上がって右隻《うせき》の屏風の布を外した。

「ご覧ください」

と清少納言が言うと、道長が屏風を食い入るように見ながら喜色をあらわにした。

「おお。よくぞここまで」

「高価な螺鈿や漆などは傷みがありませんでしたので、そのまま使っています」

「あ、いや、ちょっと待て」

「紙は職人が予備を持っていたので張り替えも容易で。几帳面《きちょうめん》な紫式部のおかげで寸分違わぬ修復がなされています」

「だから待てと言うに」

と道長が顔をしかめた。

「どうされましたか」

「貴様の丁寧な言葉遣いは癇《かん》にさわるからやめろ」

「そ。じゃあ、いつもどおりにする。結構疲れるのよね。で、何?」

「これ、これ。違うじゃないか」

と檜扇で屏風を指す。

「何が?」

「絵」

「場面も絵もそのまま再現してるわよ」

「嘘をつくな」道長の声が裏返った。「これ! みんな、以前と顔が違うじゃないか!」

道長の言う通りだった。もともと道長に似せて描かれていたはずの男の顔の絵が、違う顔つきになっている。

「男前になったじゃない」

「ああ？」

「『伊勢物語』は、絶世の美男子たる在原業平さまに似せた主人公。『源氏物語』も光り輝く美貌の光源氏。そのほかの歌も同様、このくらいかっこうよく描かないと」

「私では及ばないと申すか」

清少納言は無言で紫式部たちを振り返った。紫式部と則光は気まずそうに目をそらしたが、ふたりに挟まれている和泉式部だけは目を輝かせている。

「こちらのほうが断然すてきだと思います」

「……くッ」

歯ぎしりせんばかりの道長のまえで清少納言は髪をいじりながら、笑った。

「あはは。ごめんなさいね。うちの〝助手その二〟は正直者なの」

「何だと」と気色ばむ道長。清少納言は開いたままの衵扇を彼の鼻先に突きつけた。

「あんたが間違えたから、和泉式部は墨で塗りつぶすしかなかったのよ」

素顔を露《あら》わにした清少納言に、道長が眉をひそめる。

「私が間違えた？　何をだ」

「もしここから私が間違えたら——和泉式部はまた今日も同じ行動をとるはず」

道長がぎょっとして和泉式部を見やる。和泉式部がほんわりと笑っていた。

「大丈夫だ、清少納言。紫式部どのがずっと彼女の手を握っている。いざとなれば俺も押さえる」

先日、和泉式部は大勢の男たちの前にもかかわらず、自らの衣裳を脱ぎ捨てながら捕らえようとする手を逃れて屏風を墨染めにしたのだ。則光だけでは押さえきれないかもしれない。そのため、紫式部が反対側に座って扇を持っていないほうの手で彼女の手を握りしめていた。

「どういうことなのだ、清少納言」

「ここでそれを説明するの。さっきも言ったように私が間違えたら、彼女は同じ行為を繰り返し――私たちふたりはめでたく流刑になる」

そんなことを言いながらも、清少納言は笑っている。

「清少納言さま」と〝助手その二〟にしていまもっとも危険な恋多き女、和泉式部が袒扇を外した。「そろそろ清少納言さまの答えを聞かせてくださいな」

清少納言は新しい屏風の匂いを胸いっぱいに吸ってから口を開いた。

「先日と今日で屏風がもっとも違うのは『絵の男の顔が違う』ということ。この変化は和泉式部には好ましかったらしい、というのは先ほどの反応の通りね?」

「ええ。もし先日のように道長さまの顔に似せられて修復されていたら、今度は骨組みごと二度と作り直せないように蹴り潰したかもしれません」

怖い女だな、と則光が首をすくめている。

「そんなに私の顔が嫌いか」と道長が苦い顔をした。

「そんな程度の話ではないっ」

と清少納言が一喝する。

「何だと……？」

「私も最初は道長の顔が気にくわないだけだと思っていた。私自身も気にくわなかったし」

「おいおい」と則光が顔色を青くした。

けれども違うのだと前置きして、彼女が続けた。

「物語の読み方はいろいろある。けれども、たぶんいちばん多いのは物語の人物の誰かに自分を重ね合わせて読むこと。紫ちゃんがいろんな姫や女房たちを『源氏物語』に登場させたのは、読み手の女性たちに楽しんでもらうためでもあるでしょ？」

と言うと、紫式部が正直に頷いた。

「ええ。それもあります。ひとりの女の生き方では、すべての恋のあり方や人生の悟りのようなものを摑むのは難しいと思いますので」

「これは読者を女だと想定した場合。男ならどうか。『伊勢物語』や『源氏物語』を男の人が読めば、自分が主人公のようなつもりで読むのもありでしょうね」

すると今度は道長が強く同意する。

「歴史書ならその時代の人物のように、恋の物語なら恋する主人公のように読む。それが物語の醍醐味《だいごみ》みたいなものだろ」

「ひとりの読み手の妄想として、光源氏の顔を自分に置き換えて読み進めるのは勝手よ？けれども、絵にして多くの人目にさらすとなれば意味が違ってくる」

「何となくはわかるが、どう違ってくるのだ？」と則光が首を傾げている。

「たとえばの話。私たちのなかで誰か生きたお釈迦さまのお顔を拝した人はいる？」

「いるわけがない。御仏は遥か西方のお方であり、大昔の方だ」

「でも私たちは『御仏』のお顔を、その慈悲深い眼差しを心に思い描ける。それはなぜ？」

しばらく考えて則光が手を打った。

「仏像だ。御仏の姿をかたどったとされる仏像を拝しているから、御仏の尊いお顔を思い浮かべられるんだ」

清少納言が微笑む。

「そういうこと。この御仏の顔を、『伊勢物語』の主人公の男や光源氏に置き換えて考えてみて」

あ、と則光が息をのんだ。

「この屏風に道長さまに似せて書かれ、それが後世まで残れば、みなが光源氏たちの顔を道長さまの顔で想像するようになってしまうかもしれないのか」

「それは大変な傲慢《ごうまん》よね、道長？」

いたずらが見つかった童のように、道長が口を尖《とが》らせた。

「そんな大それたことになるものか。そういう文句なら、作者から出てくるべきではないのかね」

「道長の言うことも一理あるわ。作者未詳の『伊勢物語』などはともかく、『源氏物語』なら作者がいまここに生きているのだから」

みなの視線が紫式部に集まる。ひどく迷惑そうにしながらも、袙扇の下で小さく呟いた。

「……どうせ、道長さまは聞きやしないでしょう？」

道長が憮然とし、清少納言が笑う。

「あはは。その通り。紫ちゃんはよくわかってる。──けれども、それに真っ向から異を唱えたのが」

「和泉式部、というわけか」と則光が確認すると、清少納言が頷いてみせた。今度は和泉式部に視線が集まる。彼女は袙扇で顔を隠していない。悪びれも恥ずかしがりもせずにほんわりとした笑顔を衆目にさらしていた。

「それなら、屛風の絵の顔を道長さまではなくしたら満足なのではないのですか」と紫式部が尋ねると、和泉式部はその笑みにやや挑戦的な色を混ぜた。

「清少納言さまはどう思われますか」と彼女が問う。

「何となく感じるものはあったけど——確信したのは和泉式部の話をじっくり聞いたからら」

「あらあら。私、何を言いましたかしら」

和泉式部の目が光る。

その目が告げている——ここまでは間違えていない、と。

しかし、決定的な正解に達してもいない。次に発する言葉が和泉式部の心の真ん中を貫《つらぬ》いていなければ、彼女は再び暴走するだろう。

結果、彼女と清少納言は後宮と都を追われるはずだ。

さすがに喉の奥が渇く。

冬の一日、中宮定子に「香炉峰の雪はどうであろう」と名指しで質問されたとき以来の緊張だった。

この張りつめた感じ、いとをかし——。

「あなたはこう言ったのよ。為尊親王殿下との恋を語ったときに、殿下が親王だから恋に落ちたのではない、殿下が殿下だったから恋に落ちたのだ、と」

「…………」

和泉式部はかすかに目を細めて黙っている。

「あなたの恋は風のように自由なのよ。和泉式部という名前も何もいらない。そこにあるのはただ男と女の魂が恋によって互いに呼び合い、結びつき合い、ひとつになって互いを高め合う美しさだけ」

「お続けください」

と和泉式部は目を閉じて、清少納言を促した。

「あなたはたぶん、屛風に描かれた絵がすべて伊周さまでも同じことをしたはず。なぜなら、あなたにとって恋は女が男の方と対等に並べるものだから」

恋はひとりではできない。たとえ片思いでも、相手がいて成り立つ。そのとき相手と自分の間に主従関係や権力は混在しないのだ。

「それはもしかして……」と紫式部が考える表情になった。

私たちにとっての「書きもの」で考えてみよう、と清少納言が続ける。

「私や紫は、詩歌の知識と筆で評価されている。私たちが書いたものは『女が書いたにしてはいい』などという評価はさせないつもり。紫だってそうでしょ？」

「私は漢字の『一』も読めないふりはしていますが——本心ではそうです」

「女の才能を、権力闘争や権謀術数といった男社会の物差しで評価させるつもりはない。私もあなたも作品だけで正当に評価されるために戦っている。私たちにとっての『源氏物語』や『枕草子』と同じ、世間と戦う武器が和泉式部にとっては恋なのよ」

「恋が、私たちの書くものと同じ？」と紫式部が聞き返す。

「恋のまえには男も女も平等であり、貴族も平民も平等である、とね。だから誰もが楽しめる物語の男の顔は、誰でもない想像上の顔でなければいけなかった。誰もが自分と重ね合わせて楽しめるように」

和泉式部が目を開く。頬がほのかに桃色に染まり、喜びがふつふつとこみ上げているのがわかる。

「さすがでございます。清少納言さま」

と和泉式部が手放しで褒めた。

「どうもありがとう」

「実は私、清少納言さまと紫式部さまのおふたりにはかねてよりご尊敬申し上げていました。だから、おふた方のところへ足を運んでいたのです」

「え、そうだったの」と紫式部が驚く。

「私にとっておふたりは憧れなのです。みずからの才知ひとつで男社会のしきたりも、それこそ右大臣道長さまであっても蹴散らし、世界に女が息をできる風穴を開けてくれた」

私はそんな、と紫式部が思わず和泉式部の手を離した。しかし、和泉式部のほうから彼女の手を握りしめる。

「おふたりの存在がどれほど心強いか。女は夜、男の訪《おとな》いを待つだけの存在ではないと教えてくれた。だから私の恋は、恋という人生の華のまえには位も官職も無意味だということを突きつけるためにあったと悟ったのです」

清少納言がにやりと笑う。

「何となく気づいていた。だからあなたを〝助手その二〟にしたの」

「……うれしゅうございます」

和泉式部の黒目がちなまなこから、涙が一筋こぼれた。清少納言は正解を射抜いたのだ。

「丹波の恋を私たちが助けてあげたのは、あなたの心に響いたかしら」

「もちろんです。あのような振る舞い、胸の奥から揺さぶられました。削り氷と七夕の露の謎解きもいとあてでございました。ああ、なるほど。こうやって腕力も権力もある相手に対して女らしい勝利を得るのですねと、感無量でございました」

うっとり語る和泉式部に、清少納言が苦笑した。

「ふふ。あまり褒められるとさすがに恥ずかしい」

何の話をしているのだ、という道長の疑問には答えず、和泉式部は清少納言に滔々と思《おも》いの丈《たけ》を伝える。

「かの内侍司の無礼な振る舞い。私ならもっと手ひどくやっつけてしまうところでした」

「そんなことを言っていたわね」

「本気でした。恋を穢すものは許せない――」

「ふふ。つまり、道長にも、相当手加減してこれだったのね？」

和泉式部がきっぱりと頷いた。

清少納言が道長に向き直る。

「さて、道長さま？　あなたが犯した罪はおわかり？」

道長が顔をひどくしかめた。

「罪だと？　罪を犯したのはそこの浮かれ女だろうが」

清少納言は衵扇で顔を覆い、わざとらしく首を横に振る。

「あはれ、あはれ。恋の生命を知らぬ男はいとあはれ」

「何をぬかすか、小娘」

「あんたが屛風の絵の男を自分にしたのは、彼女の考える恋の平等をいたく汚すものだった。それどころか、恋の私物化であり、恋の権力濫用。もっと簡単に言えば物語を見るたびに自分の顔を思い出させる押しつけだった。それが和泉には許せなかった」

「まったく意味がわからん」

「恋に縁のない男の見苦しい妄想につきあいきれない、と言っているのよ」

「……ッ」

さすがに道長が絶句していた。

和泉式部がゆらりと立ち上がって、彼に微笑みかける。

「道長さま？　あの屏風を通して、あなたはいろいろな恋を自分の顔で塗りこめて、恋を独占しようとした。でも違うのです。恋はもっと優雅で自由で、人生の苦しみのなかで出合う人生の花。人を少年少女の遠い日に戻してくれる胸焦《むねこ》がす熱い想い」

「そんな抽象的な言葉ではわからぬわ」

清少納言は苦笑した。いま道長は恋の機微がわからないと白状したのだ。これでは在原業平のような色好みの足元にも及ばない。

にもかかわらず、無邪気に滑稽にあの屏風を作った道長にやはり、あはれを感じた。

「道長。あんたはこの世の権力者としてはすごいのかもしれない。けれども、あんた、ろくな恋をしてこなかったでしょ？　そんなあんたの世界は狭く、そしてさみしい」

「………」

考えてみれば、道長はそういう男だ。

自らの娘の婚姻はもちろん、『源氏物語』の美しい世界も、権力闘争のために利用し、自ら「浮かれ女」と揶揄《やゆ》した恋多き女の語る男女の機微も理解できない。恋の輝きが理解できないで生きていくなど、清少納言でさえぞっとする。せめて若い頃にはそういう気持ちがあったと信じたい。でなければ、道長の北の方が哀れだし、道長自身が哀れすぎる。

美しい気持ちを捨てていくのが権力者の道なのだとしたら、それはそもそも人間として正しい生き方なのだろうか……。

そんな同情にも似た気持ちが静かに心に横たわっている。

清少納言はもう片方の屛風を覆っていた布を取り去った。こちらも、修復まえに勝ると も劣らない出来映えだ。もちろん、男の顔は道長に似せてはいない。

「あ、最後の一面」と和泉式部が指を指す。「何もない、というのをわざわざ再現したのですか」

「ここは、もう決まっているの。——筆を」

墨と筆が準備された。清少納言が筆に墨をたっぷり含ませる。

「ここに書くべきは、これでしょ」

清少納言の筆が縦横に走った。

墨の黒が、絵のない面なのに燦然《さんぜん》たる恋の輝きを浮かび上がらせる。

あらざらむ　この世のほかの　思ひ出に
　いまひとたびの　逢《あ》ふこともがな

——もうすぐ私は死んでしまうでしょう。あの世へ持っていく思い出として、今もう一度だけお会いしたいのです。

清少納言が筆を置くと、和泉式部がぽつりと呟いた。

「これ、私の歌……？」

紫式部も立ち上がり、歌を見つめる。

「和泉式部はまだ生きている。けれども、歌の中ではもうすぐ死んでしまう、と詠んだ。それほど、〝いま〟〝ここ〟の恋にすべてを懸《か》ける。まさにあなたにしか詠めない歌」

憧れている、と言った相手から絶賛され、和泉式部がはにかむ。清少納言はふたりのやりとりを微笑ましく思いながら、道長にとどめを刺しに行った。

「道長。あんたはこんな歌を詠めるほどに恋したことがあるの？　ないならやっぱり──さみしい人生を生きているのね」

道長は真っ赤になった。

「何がさみしいだ。女房風情に何がわかる。位人臣《くらいじんしん》を極め、昨日まで見上げていた人物を今日は同列に見、明日は見下ろす快感。もどかしい上役を蹴散らして自分が政に辣腕《らつわん》を振るう爽快《そうかい》さ。己の才覚で世界が動いている実感に伴う喜び。男として生まれてこれ以上の愉悦があるか」

「だったらなんでまえの屛風を作ったのよ」

「くッ……」

清少納言は和泉式部を手招きして道長のほうを向かせた。背後には彼女の恋の歌と屏風があって、まるで光背のように輝いて見える。

「ご覧。当世一の恋の女神の輝きとその歌を。この屏風のすべての恋は百年千年輝き、来世までも続くでしょう。しかし、道長の権勢は、いいえ、世の権力は無常の風が吹いてきたら崩れるしかない砂上の楼閣」

憧れていたもうひとりにここまで言われて、和泉式部があどけない表情で驚き、うろたえた。清少納言が和泉式部に手を差し出す。

「あなたこそ、恋の女王。少年と少女の淡い憧れの切なさと恋の喜びを高らかに歌う者。いかなる権勢のくびきをもあなたは粉砕する」

呆然《ぼうぜん》としながら、和泉式部が清少納言の手を取った。清少納言がその場にうやうやしく膝をつく。「恋の女王」に仕える従者のように。

再び立ち上がった清少納言が優雅に頭を下げた。

「道長さま。こたびの謎もいとをかしでございました。蛇足ながら、流刑の件はお取り下げいただいてよろしいでしょうか」

勝手にしろ、と道長が苦々しげに呟いた。

どこかで鳥の鳴き声がする。青空に浮かぶ雲は、目が痛くなるほどに白かった。

それから数日後。

後涼殿には主上に献上された恋の屏風が置かれていた。道長が趣向を凝らして作ったものので、いろいろな物語や歌のなかから恋に関するものを抜き出し、文字と絵で表現している。精緻《せいち》な作りと斬新《ざんしん》な発想に、主上も喜ばれ、多くの人の目に触れさせようとしばらく後涼殿で披露されているのだった。

いまその屏風のまえにいるのは、中宮定子とその女房たち。清少納言ももちろんいた。

「なるほど。これが昨夜、清少納言が話してくれた恋の屏風なのね？」

「左様でございます」

この屏風を巡る話は昨夜の物語として献上していた。万事丸く収まって清少納言の流罪の可能性がなくなったと知った弁の将が、安堵《あんど》のために大泣きしたのは別の話である。

女房たちもそれぞれの文字と絵を眺めては、ため息をもらしたり、小さく笑い合ったりしている。

定子が屏風にそっと触れた。

「眩しかったり、誇らしげだったりするのに、乱暴に扱えば倒れてしまい、壊れてしまう美しい屏風。なんと恋に似ていることでしょう」

彼女が触っているのは和泉式部の歌、すなわち清少納言の書いた文字のあたりである。

まさかこんなにまじまじと定子に自らの字を見られるとは思っていなかった。もっともっと字がうまくなるよう努力しておけばよかった。

清少納言、と定子が彼女を呼び寄せる。

「はい。おそばに」

定子は不意に厳しい目つきになった。清少納言が怯《ひる》む。震える。恐れおののく。自分は何かしてしまっただろうか……。

「今回、この屏風を仕上げ、和泉式部の心をも救うにあたって、あなたは自らの身を危険にさらしたそうですね」

「え……」

「流刑のおそれもあったとか。まことですか」

「も、申し訳ございません。しかし、誰から――」

「和泉式部本人からです」

「ええっ⁉」今度こそ清少納言は驚愕に声が大きくなった。「どうして……」

「あなたが顔を見せない間に、女御さまを通じて手紙をいただきました」

あの恋多きほんわり女房は何をしてくれたのだ。

「手紙には何と……」

「もし万一、道長さまを怒らせ流罪となったとしても、自分ひとり咎を受ける、自分の命に代えても清少納言はお守りしますと書かれていました」

清少納言は目頭が熱くなった。「あの馬鹿……」

「馬鹿はどちらですか。翁丸でもあるまいに」と定子が眉をつり上げる。

「も、申し訳ございません」

慌てて頭を下げた清少納言の頬に触れ、定子が顔を上げさせた。

「誓いなさい、清少納言」定子がこちらの目を正面から見つめる。「何があろうとも私のまえからいなくならない、と」

「中宮さま――」

「誓って」と懇願《こんがん》する定子の瞳が潤《うる》んでいる。「あなたは何があっても私の側にいてくれるのではないの……？」

清少納言は忘れかけていた。定子は小さくて、美しいのに虹《にじ》のような儚さを持った姫。誰よりも守って差し上げなければいけないお方だった。

清少納言は目にたまる涙をこらえる。天井を見つめて呼吸を整えた。

「何があろうとも、この清少納言、中宮さまのおそばにお仕えします」

たとえ中宮が、去れと言ったとしても。

清少納言の誓いを聞き終えた定子は、ほっとした表情を見せた。小袿から両手を出して、清少納言の手を熱く握りしめた。しっとりと柔らかく、ほのかに温かい定子の手は、彼女の心そのもののようだ。

中宮さま、とその手のぬくもりにどぎまぎしている清少納言に、さらに驚愕する出来事が起きた。定子が両手で握っている清少納言の手に自らの頬をすり寄せたのである。手の甲に桃色の頬のなめらかな感触がして、背筋に稲妻のような衝撃が走った。

息をするのも忘れ、清少納言が喘《あえ》ぐようにしていると、定子が萩の花のように繊細ながら誇り高く微笑む。

「きっとよ？　嘘をついたら、ひどいのですからね？」

さて、かしこまり許されて、もとのようになりにき。

――さて、お咎めも許されて、私も元通りのめでたしめでたし。

すっかり秋めいてきた日差しが、恋の屛風を黄金色に輝かせていた。

かりそめの結び

日に日に秋が深まっていく。

文机で筆を動かしていた紫式部が手を止め、秋特有の白い日差しを眺めながらため息をついている。

「秋は物思う季節とは言うけれど。道長さまが『恋とは何ぞや』とうるさいのよねぇ」

屏風の件で清少納言にやりこめられて以来ずっとらしい。そのうえ、紫式部への原稿の催促がもう一段激しくなったという。

急いだところでよいものは書けません、と言う紫式部に対して、「おまえもこのまえの清少納言の言い草は聞いていただろう。生意気なあの言い草な。それをふまえておまえが書いた『源氏物語』なら、きっとあいつの言い分の先をいく恋の何たるかがあるはずだ」と大騒ぎだとか。要するに、恋を学んで見返してやる、と鼻息荒く毎日を過ごしているようだった。

「うーん。道長さまらしくてかわいいけど、恋ってそういうのじゃないのよねー。出し抜くとか、見返すとか、俺のほうが上とか、そういうのからいちばん遠いと思うの――」

と紫式部にほんわかと助言し始めたのは和泉式部である。

「でも、それでは女の立場では——」

「あら、そんな男ばかりじゃなくて——」

「そういう気持ち、大切にしたいです——」

「ああ、やっぱり恋っていいわよね——」

ふたりで盛り上がっていた。

それを柱にもたれて薄ら笑いで見守る女房がひとり。

清少納言だった。

「おふたりとも？　有意義な議論の最中に申し訳ないのだけど、ここは私の局。そういうお話は飛香舎のご自分たちの局でなさってくださらないかしら？」

和泉式部が「はてな？」と微笑み、紫式部が首を傾げる。清少納言はこめかみがひくつくのを感じた。

「あんたら、どうして人の局に入り浸るのかって言ってるのよ！」

「陰陽師がこちらのほうがよい、と」

「そっかー。陰陽師が言うなら仕方ないよね、なんて言うか！　紫！」

「私は清少納言さまと紫式部さまをずっと見ていたいのですけど」

「見物料とるぞ！　和泉！」

清少納言と紫式部のふたりだけでも女童同士のようににぎやかだったのだ。それに和泉式部まで加わってしまえばこの通りであった。しかも、三人とも後宮で知らぬ者のいない女房。止められる人間は同じ女房女官にそうそういるものではない。

弁の将が顔を出したが、残念なものを見る顔で首を振りつつ、去っていってしまった。彼女が匙を投げたらば、もうおしまいだった。

紫式部が生真面目な顔で再びため息をついている。

「あまりぎゃんぎゃん怒鳴《どな》らないでください。せっかく思いついた構想が消えてしまいます」

「あ、ごめん」

思わず素直に謝ってしまった。物書きの苦労は知っている。

「誰かさんが道長さまを完膚《かんぷ》なきまでに叩きのめしてくれたおかげで、ますます原稿に追われているんですから」

「それ、私のせいなの？　最後のつじつま合わせが助手の仕事でしょ？」

「私は助手ではありません」

とはいうものの、屏風の修繕費はすべて道長につけた。何しろ、紫式部が直したのだから、その主筋に取り立てが行くのは道理である。当然ながら道長が騒ぎ立てるが、紫式部がうまく丸め込んだ。

すると横で〝助手その二〟が手をあげた。

「はい、はいっ」

「はい、何ですか」

和泉式部の目からいきなり涙があふれる。

「彼がひどいんです〜」

「いきなりそっち⁉」

「聞いてください〜」

「私、絶対、和泉ちゃんより恋の数少ないから、助言できない！」

「聞いてもらえるだけでいいんです、清少納言さまに〜」

「ええー」

清少納言がげんなりしていると、簀子に軽やかな足音がした。

「失礼しま、す……？」

局に顔を出したみるこが固まっている。黙々と文机に向かう紫式部、泣いている和泉式部、消耗している清少納言。子供に見せていい光景ではなかった。和を以て貴しとなす、とはかくも難しいものか。

「みるこ、ごめんね。どうかした？」

「あのぉ、則光さまがお見えなのですが……お断りしましょうか」

この聡い女童がそのような提案をするのは初めてだった。いかにいまこの局が賑やかで手のつけようがないかがわかるというものだった。

しかし、溺《おぼ》れる者は藁《わら》をも摑む。清少納言はこの状況よりも則光のほうがましだと計算してしまった。

「いますぐ行く。行きます。念のため紫ちゃん、一緒においで」

ましだと計算したが、嫌な予感はしているのである。

「どうして私が」と紫式部が怪訝な顔をした。

「いいなー」と和泉式部はむくれる。

押し切って紫式部を伴って後涼殿の局に行くと、則光が雨に降られた犬のように情けない顔をして待っていた。せめてもう少し取《と》り繕《つくろ》ってほしい……。

「すまない、わざわざ来てもらって」

と言うが、困り抜いている表情は崩していなかった。

「本日はいかなる御用向きですか」

「あ、そうだ。忘れるところだった。母から瓜だ」

と、横に置いてあった包みを前に出す。開ければ黄金の屛風をくりぬいたような山吹色のまくわうりがいくつもあった。

「あら。これは？」

と、清少納言が目を見張る。紫式部も注目していた。

「大和国の親戚筋から届いた。甘くてうまい。聖徳太子も召し上がったかもしれんぞ」

則光の策士め、こんなものを持ってこられたら話を聞かざるを得ないではないか。

「右近さまに、どうぞよろしくお伝えください」

ああ、と答えた則光が眉を八の字にした。

「実はな、明日からの相撲節《すまいのせち》のことでちょっと気になる噂を耳にして」

そう言うと珍しく則光は少し几帳ににじりよる。

小声で話しだした話の内容に、清少納言は額を押さえ、紫式部は無言で脇息にもたれた。

……どうも最近、道長の様子がおかしい。「色」に目覚めてしまったようだ。恋の歌を自分でひねっては、それを誰かに贈ろうとする。誰彼かまわず贈ろうとする。そのうえ、相撲節にいろいろな女房たちを一生懸命お誘いしているとか――。

「どうしたの、道長?」

「恋がわからない、というのに強烈な男の劣等感でも感じたのかもしれない。顔の広さなら道長さまは十分広いと思うのだけど、それだけではダメなのか、めぼしい貴族たちの伝手を利用しようとしていて。公任さまなんかも相談に乗っているそうだ」

清少納言は口をへの字にした。

人間はほんの些細《ささい》なことで和を乱す。けれどもそれはまた、ひとりひとりが個性を持っている証《あかし》でもある。

和を以て貴しとなす。

出過ぎたときには互いに角を矯《た》め合って、和を目指す営みこそが人間らしい。

それでも角を矯めない道長がいたら、私が蹴り飛ばしてやろう。


男こそ、なほいとありがたくあやしきここちしたるものはあれ。……身の上にては、つゆ心苦しさを思ひ知らぬよ。

――男というものは、何とも滅多にない奇妙な心を持っているもの。……男のほうは自分自身の振る舞いについて、少しも相手の女のつらさなど考えてやしないんだから。


道長はいい年の男である。歌を詠み、贈って、相手の女性に褒められて満足、とおしまいになるようなうぶではないだろう。当然、打算も計算も下心もあるはずだ。

「それって恋なのかしら」

と、紫式部が根本的な疑問を呈した。

「そんなのは和泉ちゃんに考えてもらうとして、これは放っておけないわね」

あの公任が絡んできたとなれば、なおさらだ。今度は清少納言に仕掛けるのではなく、道長をけしかけるほうを選んだのかもしれない。

「年を取ってからの女道楽はろくなことにならないもの。もうひと泡《あわ》吹かせるしかないか」

「放っておけないって、どうするつもり？」

「もうひと泡吹かせる、って、清少納言、どうするつもり⁉」

「さて。相撲節なのだから、力士に投げ飛ばしてもらうとか？」

わかり合えないからこそ、謎が生まれ、謎を解く。いとをかし。利用しようとする男には、そうはさせじと打ち返す。それもまた、いとをかし。

わかり合えない男女だからこそ、わかり合いたいと思って――恋が生まれる。

生まれた恋は喜劇か、悲劇か。

わかり合うより従わせようとする男には、わからせてやらねばならない。

清少納言が意気揚々と立ち上がった。

床の上のまくわうりが、西日に照らされて輝いている。あの恋の屛風のように、きらきらと誇らしげに。

本書は書き下ろしです。

〈著者紹介〉
遠藤 遼（えんどう・りょう）
東京都生まれ。東京学芸大学教育学部卒業。2017年、『週末陰陽師～とある保険営業のお祓い日報～』でデビュー。著書に『平安あかしあやかし陰陽師』、『平安後宮の薄紅姫』、『平安・陰陽うた恋ひ小町　言霊の陰陽師』、『平安後宮の洋食シェフ』、『王立魔術学院の《魔王》教官Ⅰ』、『晴明の事件帖　消えた帝と京の闇』など多数。

平安姫君《へいあんひめぎみ》の随筆《ずいひつ》がかり　二
清少納言《せいしょうなごん》と恋多《こいおお》き女房《にょうぼう》

2022年3月15日　第1刷発行　　定価はカバーに表示してあります

著者……………………遠藤 遼《えんどうりょう》

発行者……………………鈴木章一
発行所……………………株式会社 講談社
〒112-8001 東京都文京区音羽2-12-21
編集03-5395-3510
販売03-5395-5817
業務03-5395-3615

KODANSHA

本文データ制作…………講談社デジタル製作
印刷……………………豊国印刷株式会社
製本……………………株式会社国宝社
カバー印刷………………株式会社新藤慶昌堂
装丁フォーマット………ムシカゴグラフィクス
本文フォーマット………next door design

ISBN978-4-06-527248-0　N.D.C.913　319p　15cm